Ronso Kaigai
MYSTERY
253

悲しい毒

Belton Cobb
The Poisoner's Mistake

ベルトン・コッブ

菱山美穂［訳］

論創社

The Poisoner's Mistake
1936
by Belton Cobb

目次

主要登場人物

チェビオット・バーマン……ロンドン警視庁の警部補
ルパート・ボール……株取引業者
メアリー・ボール……ルパートの妻
ジェニファー・ボール……ルパートとメアリーの娘
アーサー・ヴァーミンスター……メアリーの父。元骨董品店経営者
ミセス・ヴァーミンスター……アーサーの妻
リチャード・ヴァーミンスター……メアリーの弟。元金メッキ加工業者
アースラ・ヴァーミンスター……リチャードの妻
レックス・ヴァーミンスター……リチャードとアースラの息子。会社員
イヴリン・ヴァーミンスター……レックスの妹。学生
ロバート・レッチワース……イヴリンの学友
マーガレット……ボール家の使用人

悲しい毒

「謀殺とは、英国の法律の下で責任能力のある者が明示的または黙示的に故意に行う非合法な殺害を言う」

ラッセル著『犯罪・軽罪論文』より

「人に襲いかかるであろうあらゆる死の形式の中で、人間性や予想をもってしても防ぎ得ないという理由でもっとも嫌悪すべきは毒死である。それ故すべての事件において、ある者が故意に毒物を投与もしくはそう仕向け、対象者もしくは第三者が服毒により死亡した場合、確たる悪意が証明されずとも法律では犯意を含むとする」

アルチボールド著『英国刑事訴訟手続』より

第一章　親愛の一杯

一

「リチャード、タバコケースなんてしまったらどうだい。わたしの葉巻を喫えばいい」

以前から敏感になっているイヴリンは、「わたしの」という言葉にかすかな威圧感を覚え、ルパート伯父が例によって彼女の父親を見下していると感じた。そうに決まっている。この数か月の間、ルパート伯父の数々の善意の申し出は、万事において尊大だと彼女は思っていた。申し出は常に傲慢さなど見せぬようそれとない表現ではあるし、彼女の父はいつだって「何を言うんです、とんでもない」と返すが、そこに皮肉が込められているのを彼女は見抜いていた。兄のレックスも同意見のはずだ。イヴリンはやや気色ばんでディナーテーブルの向こうに座る父を見た。伯父から葉巻をもらいながら父が言う。「恩に着ますよ、ルパート」そしてまったく動揺する気配もなく、テーブルの向かいに座るルパートの娘ジェニファーに話しかけた。伯父の言葉に当てこすりが込められているのを父は気づいたはずだ。それでいて素知らぬふりをしているのだろうか。父は見た目通りの冴えない人物なのか、とイヴリンはいつもながら思うのだった。

母親に目をやると、大みそかのパーティーではこうでなくてはといわんばかりの明るい笑みをたたえている。母のような微笑を浮かべられれば、どんなに有利だろう。イヴリンはいままで何度となくそう思った。愛そのものの神は人類皆に――ルパート伯父にも――そのお姿をお示しくださる、という母の信念の証と言えよう。アースラ・ヴァーミンスターの生活の基盤であるその信念は、結果としてそうなったというより、無条件の信仰によるものだとイヴリンは思っている。くだらないと感じる人は別として、それはもちろん素晴らしい。だがイヴリンは二十年間生きてきても信仰心というものがよくわからず――人間のくだらなさを痛感していた。世界を見てきて、ろくなものではないとわかった。彼女が経済や赤寄りの政治、そして人間性を学ぶ中で、辛らつに思い知らされたのは、人間の弱点だ。ルパート伯父が株取引で成功して金を――大金を――稼いだとイヴリンは知っているし、気前がよいのも確かだが、伯父の支援を両親が受けていると思うとうんざりした。彼女自身は伯父を羽振りがよいとは思っていない。施しをする伯父と施しを受ける両親にそれぞれ腹を立てていた。

十か月前に会社が倒産してからというもの、父リチャード・ヴァーミンスターには定職がない。父の実姉である伯母とその夫ルパートの厚意に一時的に甘えるはずがずるずると延びて、リチャード、アースラ、レックス、そしてイヴリンが世話になっていた。失敗をしたにもかかわらず父は楽観的で、「苦境」を抜け出しさえすればすべてうまくゆくと信じている。不況を脱したらやり直すと父は公言していた――倒産で破産しているので、恐らくは資金を調達して仕切り直すのだろう。「好機」をとらえたいからと地味な勤め口を断っているうちに、結局は一家でルパート伯父の世話になっている。ルパート伯父に対して母アースラは感謝、レックスとイヴリンは嫌悪、父リチャードは、少なくとも外見上は、辛い日々を耐えしのんでいるのを義兄が見守ってくれていると喜んでいる。

イヴリンは兄のレックスに視線を移し、笑みを浮かべた。母や父にはいまだに親密な感情を抱けず――信頼関係も築けていないが――兄とは意思の疎通ができているのは間違いなかった。ブライトンのこぢんまりした裏庭の丸い花壇でほうきの柄を手にふざけ合っていた頃から、互いに心が通っていた。いまは母親への愛情を分かち合っている。いや、むしろ気の毒で同情していると言ったほうが確かだ。そして父への愛情の欠如とルパート伯父への嫌悪を共有している。イヴリンより二歳年上のレックスは独立できるだけの収入があり、自活したいと切望しているにもかかわらず、ルパート伯父の家に一緒に住んでいる——当面はそうしたほうがイヴリンのためによいとの思いやりからだ。兄妹で一緒に暮らそうとよく相談するが、ロンドン・スクール・オブ・エコノミクスに在籍中の彼女は全課程を終えるまであと半年かかる。レックスの収入は兄妹で暮らすには十分ではなく、共同住宅を借りるとなると、イヴリンは生活費を稼ぐために学業を断念しなければならない。というわけで兄妹は当面居心地の悪さに甘んじていた。レックスは自らと妹のせめてもの気持ちとして、部屋代と食費の名目でルパート伯父へ週に二ポンド支払っている。

ディナーテーブル越しにイヴリンの向かいに座る父リチャードとルパート伯父の間には、祖母のミセス・ヴァーミンスターが座っている。黒繻子の服に身を包んでいる恰幅のよい祖母は、伯父の義理の母に当たる。耳が遠く、自身が思うより読唇術が得意ではないがために、質問されたと思い込んで答えるものの、次第にあやふやになって話が尻切れトンボになるのも珍しくなかった。二重の意味を含ませるルパート伯父の物言いがイヴリンは好きになれないが、伯父がその日に祖母を「ムッター」と呼んだのは、ヴァーミンスターという名字がドイツ系だから、ドイツ語で母を指す言葉とかけて面白いと思ったからだろうか。そして伯父は、年を重ねるにつれて肥満の一途を辿っている祖父のほうへ楽しげに体を向けて言った。「はは！　するとこちらは『ファッター』（ドイツ語「父Ｖａｔｅｒ」と英語「太るｆａｔｔｅｒ」の意を重ねている）ですね！」

　母方の祖父母もまたルパート伯父の厄介になっている。イヴリンとレックスは子供の頃に祖父が故買屋だという作り話をして遊んでいた。実際にはメイフェアの一角で高級骨董品店を営んでいたのだが、のちの景気悪化で父リチャードの電気メッキ加工業務は痛手を受け、裕福な収集家の浪費に頼る骨董品店の経営は勢いが鈍った。ルパート伯父の妻であるメアリーが廃業を促した時には、店の規模は相当に縮小されていた。そして祖父母は伯父夫婦と同居し、結果としてルパート伯父の扶養家族は七人――扶養に妻も入れるなら八人――となった。

「ポートワインはいかがですか？」ルパートが声をかける。

「スポーツですって、ルパート？」祖母が言う。「ああ、試合ね。何か難しいことをさせようとしているようね？」伯父がデカンタを持っているのに気づいて祖母が動揺する。「ポートと言ったのね？　いただこうかしら、その――？」祖母は言葉が続かず語尾を濁した。

「どうぞ」ルパート伯父は言った。「リチャードは？　失敬、よいポートワインだから葉巻をたしなんでいる時には向かないな。アースラはいかがかな？」

　伯父の義理の妹に当たるイヴリンの母が、伯父に笑いかける。

「グラスに半分だけいただこうかしら、ルパート。大みそかだから特別に。どうもありがとう」

「自分で注いでデカンタを回してくれるかな。レックスは？　メアリーもどうだい？」

　伯母メアリーは夫である伯父ルパートと対面する形でテーブルの端に座っていた。女盛りを過ぎた面差しに疲れは見えるが、美しい女性だ。皆の声をきちんと聴きつつ平和を維持できる伯母なら、議会下院の議長だってうまく務まるに違いないとイヴリンは常々思っている。家庭内に険悪な雰囲気が立ち込めたり喧嘩が始まったりすると、決まってメアリーの出番となる。緊急事態に備えて、双方をとりなす言葉をいつも持ち合わせているようだ。伯母は必要に応じてさりげなくイヴリンの母アースラに援護射撃を頼む。困惑の眼差しとは裏腹に明るく言うのだ。「そういえば、アースラ」伯母は何も思いつかない時にこう切り出す。「皆のご機嫌をよくするにはどうしたものかしら?」すると暗雲が立ち込めていると気づかないアースラは、精いっぱい陽気にふるまう。

メアリーは自分のグラスにワインを注ぎ、祖父にデカンタを渡した。祖父は一族の平和を脅かす主たる人物なのだが、それは恐らく感情のはけ口がないからだ。イヴリンは心配事を兄に打ち明けられるが、祖母に話を聞いてもらうのは骨が折れる。祖父もうまくいった試しはないはずだ。だから祖父は他のメンバーより短気になりがちで、彼なりに怒りを抑えようとささやかな努力はするのだがその甲斐もなく、一週間に一回は激昂するのだ。今夜の夕食の始まりでもそうだったように、ルパート伯父の冗談に当てこすりを感じると、イヴリン同様、祖父は怒るのだが、そうなるとすかさずメアリーがとりなす。「新年の最初の訪問者が黒髪の男性だといいっていう理由を、どなたか教えてくださらない?」ミスター・ヴァーミンスターは髭を蓄えた口で食事の間ずっと憤然と不平を漏らし続けた。その夜に何か別なことが起きなければ祖父が手に負えなくなるのは明らかだった。

祖父の左隣にはこの家の一人娘ジェニファーが所在なく座っている。その席順は義務感から彼女自身で選んだのだが、貧乏くじを引いてしまったのは明らかだった。はなから祖父は反応が鈍く、彼女の鼻先を通って彼女の父ルパートを睨むばかりだ。彼女が祖父の隣の席にいるのは、祖父はそもそも話し上手ではないので、祖父との会話で煩わしい目に遭う人がいないように、との気遣いと、母と彼女とで祖父を挟んで座っていれば無難だとの思いからだ。そんな作戦にもかかわらず祖父は癇癪を起こして火の粉をまき散らしている。ジェニファーは右を向いたが――その席の人物にも期待はできなかった。

その男性ロバート・レッチワースも夕食を楽しんでいるとは言えなかったからだ。彼は将来性を買われて招待されていた、この中でただ一人の客なのだが、イヴリンはそんな期待は持てなかった。ロバートもロンドン・スクール・オブ・エコノミクスで学んでいるが、講義の間も彼は気もそぞろで、イヴリン・ヴァーミンスターという痩せた金髪女性に夢中になっただけだった。必死で追いかけたおかげで彼女の住まいに足繁く通うまでなったが、それは彼女の意向ではなかった。ルパートがなぜロバートを気に入ったのかは誰にもわからないが、どんな男性だとして伯父には便利な存在なのだとイヴリンは思っていた。伯父は単に恋愛について下卑たジョークを言いたいんだろう。当てつけにちょうどいい。男女の話は低俗になりがちで、その低俗さを笑いでまぜ返せるからだ。

かといって話題作りに最適だというだけでは、ロバート・レッチワースの存在意義はなかった。ロバートが招待されていると聞いた時、イヴリンはやんわりと抗議したが、ルパート伯父がいくつも言い訳を用意していると気づいたとたんに口をつぐんだ。

伯父は言った。「きみたちは食事の間だけ姿を見せていてくれればいい。ついたてを居間に移動させておくよ、その奥からどんな物音がしても聞こえないふりをするから」

その言葉が癪に障わったイヴリンはロバートへの挨拶がさらに冷ややかになり、会食中も彼との会話を避けた。その結果、いつもは打たれ強いロバートも彼女に嫌がられていると気づき、何が理由なのかと考え込んでしまったのだ。彼はスープを飲みながら自らを省み、魚料理を食べながら心当たりのある罪を謝り、アントレ（魚料理と焼いた肉料理との間に出す肉料理）の時には誘惑を試み、ガチョウ料理の時には再び謝罪し、洋梨のデザート《ポアール・カーディナル》になるとむっつりしてしまった。

ポートワインが一周した時、メアリーはテーブルの反対側に座るアースラと目を合わせようとしていたがうまくいかなかったので、最後には席を立って言った。

「時間がないわよ、ルパート。あと十分でコーヒーが出てくるわ」

・・・・

年が明ける二十分前になり、女中のマーガレットがカクテルのトレイを手に部屋へ入ってくると、メアリーは手を叩いて静かにするよう促し、大きな声で言った。

「皆さん、聞いてください。これからマーガレットがグラスをお配りしますが、一二時になるまでは誰も飲んではいけませんよ。あと二十分間はゲームを続けて、一二時を回ってから新年の乾杯をするとしましょう」

今夜のゲーム担当を買って出たルパートは、食後の腹ごなしにまずは軽い運動をしてから何か頭を使うようにしよう、と言ってレクリエーションを始めたが、メアリーは父親の機嫌が悪くならなければいいが、とこれからの展開が思いやられた。

「お歌でドスン《ミュージカル・バンプス》（音楽が終わった時に床に腰を下ろすのが一番遅かった人がゲームから外れる）」が三回行われると、ミセス・ヴァーミンスターは夫に気つけ薬を取ってきてくれ、と二階へ促した。ミスター・ヴァーミンスターは息を切らしてハンカチで額を拭い、ルパートを睨みながら二階へ行った。彼は戻ってくるとゲームに加わるのをきっぱりと断り、不平を漏らしながらソファーに落ち着いた。メアリーが皆十分楽しんだわ、と暗に終了を促すとルパートが素直に従ったのでイヴリンは驚いた。「わかった。じゃあこれからクイズをしよう」

部屋の中央にあるテーブルの上には本で砦のようなものが築かれていた。夕方にルパートが作ったもので、中ほどが空いた形になっている。しばらくして準備が整うと彼は言った。「ここは立入禁止ですよ。すべての質問の答えがこの中にありますからね。盗み見はいけません。ミスター・レッチワース、紙と鉛筆を皆に回してくれますか」

・・・・・

午前零時まであと五分のところで急に勢いよくドアが開き、マーガレットが部屋に飛び込んできた。

「ご主人様」彼女は叫び、見回してルパートを探す。

「どうかしたの、マーガレット?」メアリーが訊く。

「ああ、奥様、ガレージが燃えています。火事です!」

一瞬、皆困惑した。

「しまった! 中に車が!」ロバート・レッチワースが叫んで部屋から出ていく。

ルパートは蓄音機の取っ手から手を放すと立ち尽くし、あたかも火の手が上がったのはきみのせいだと言わんばかりにマーガレットを睨む。

「車が大変!」メアリーが叫んでドアに駆け寄ると、他の人々もひとかたまりになって後に続いた。ルパートとマーガレットは周りの人に押されながら部屋を出た。最後に出たのはリチャードだ。

玄関が開いていてコックのミセス・バーンズが恐る恐る外を窺っている。その横に女中のグラディスもいる。霧と煙の鼻をつく臭いが屋敷の中に入ってくる。

「くそ！」ルパートが叫んで勢いよく玄関外の階段を駆け下り、レックス、ミスター・ヴァーミンスター、そしてリチャードが続いた。

ジェニファーがイヴリンに話しかける。「あなたも行く？」

「コートなしでは止めておくわ、わたしたちには何もできないわよ。ドアを閉めてホールの窓から見守りましょう」

霧の向こうに炎が見えたかと思うと、煙が吹き出して視界が遮られる。

「ひどいわ！」アースラが声を上げる。「ルパートも気の毒に、あんなに愛車が自慢なのに」

ジェニファーが言う。「ミスター・レッチワースの車もあそこよ。どうも炎が左に偏っているように見えるわ。父さんの車は右側に置いてあるわよね、母さん？」

「確かそうよ。でもどうかしら。マーガレット、消防隊へすぐに電話をしてくれたの？」

「わたくしが火事だと言いに行った間にコックがいたしました。恐ろしゅうございますね、奥様？お屋敷までは火の粉は参りませんよね？」

「ええ、もちろん来ませんとも。ショールを巻いてちょっと見てくるわ」

「一緒に行きます、メアリー伯母さん」イヴリンが言う。「ケープを取ってきますね」

・・・・・

濃霧の影響で消防隊が現場に到着するまで五分近くかかった。その五分の間ルパートやリチャード、レックス、ロバートが庭用ホース二本を使って奮闘したおかげで、火災の被害はガレージの半分におさまった。あいにくロバート・レッチワースの車は壊滅的だったが、ルパートの車は比較的軽い被害で済んだ。大みそかで霧の立ち込める冷気の中、地元の消防隊員の熱気あふれる活動により、車一台と屋敷が被害を免れた。

隊員たちが消火活動をしている間、年老いたミスター・ヴァーミンスターも作業に加わった。火の粉が及ばない距離を保ってホースを握っていたが、急場では彼が足手まといになるのは避けられなかった。煙の届かぬ場所から消火活動を見ていたイヴリンは、少なくとも祖父は貢献したかったのだろう、と思った。

「どうして火事になったんだ、訳が知りたい」ルパートが言った。「夕食時には誰もガレージに行っていないはずなのに、火の手が上がった。車は修理に何週間もかかる！」

ロバートが言った。「それでもまだ幸運ですよ、ミスター・ボール。ぼくのはどうなるんですか？」

リチャードが口を挟む。「きみは保険金で新車を買えばいい。何もぼやく必要はない」

「わたしが知りたいのは」ルパートが主張する。「火事になった理由だ。最後にガレージにいたのはきみだろう、レッチワース、夕食前に車を停めた時に、何か気づかなかったか？」

「ぼくが火をつけたんじゃないですよ」ロバートが答える。

レックスが尋ねる。「オイルランプには触らなかっただろうね？」

「いや、触りましたよ。ボンネットに置きました」

「なんだって！」ルパートが言った。「とんでもないことをしてくれたな。煙が出ていたのに気づかなかったのか？　あのオイルランプはもう古くて一週間ほど前から調子が悪かったんだ」

「確かに、少し煙が出ているのは見ましたけど、調子が悪いとは思いませんでした」

ルパートは両手を上げて天を仰いだ。「愚か者にもほどがある！　煙の出たランプをボンネットに押し込んだわけではあるまいが火種になったのは明らかだ。一番焼けていたのはきみの車だろう。まさに自業自得だ」

「そうとは限りませんよ、ルパート」リチャードが抗議する。

「じゃあ、どんな可能性があるというんだ？」

「それはわからないけど、消防隊から後で話を聞けるはずです。証拠もないのにミスター・レッチワースを責められませんよ」

「へえ、そうかね？　きみには証拠が足りないかい？　ガレージが火事になってわたしの車の半分は燃えてしまった。屋敷に延焼しなかったのが不幸中の幸いだ。これ以上何が要るというんだ？　そんなばかな真似をする程度の頭の持ち主に車を持つ資格はない」

「確かに、迂闊だったんでしょうね」リチャードが言う。「ところで、どうやって家へ帰るんだい、ミスター・レッチワース？」

「どうしましょう。地下鉄の終電も過ぎてるでしょうし」

レックスが言う。「いっそ、今晩は二階に泊まったらいいんじゃないか」

「いや、とてもそんな——」ロバートがルパートをそっと見る。

ルパートは言った。「泊まるのはきみの自由だ。それに翌朝ここにいてもらわねばならない。話をつけなきゃならんから。今夜は帰らないと自宅へ電話したほうがいい」

「ご親切にすみません。ぼくのせいだとしたら、なんてお詫びしたらよいか。不注意だったばかりに——」

だがルパートは消防隊員と話をするため、すでに立ち去っていた。

「過失があるとはっきりするまではみだりに謝罪の言葉を口にしないほうがいい」リチャードが助言する。「ルパートの言う通りなら、明日にはきみを締め上げるはずだ、そして謝罪の時間はたっぷりある。わたしなら屋敷に戻って電話するところだ。イヴリン、おまえも中に入って彼のための寝室があるかメアリー伯母さんに訊いてみてくれ」

二

「運が悪いわ」イヴリンは言いながらロバートと屋敷に向かった。「それでも、新しい車が手に入りそうね」

「でもやっぱりひどい話だ。ミスター・ボールから責任を負わされるなんて。それに古いランプが危険だったら、そもそも置いておかなきゃいいじゃないか。どうしてぼくにわかる？　あんなに頭ごなしに言うなんて――！」

「家に連絡をしたほうがいいわ。電話は居間のピアノの先にあるの。わたしは寝室が使えるか確認してくるわね」

ピアノのスツールに座って電話口の向こうへ悲劇の顚末を伝えていたロバートは、数分後にイヴリンが部屋に入ってくると電話を切った。立ち上がって彼女に歩み寄り、話しかける。「連絡がついたよ。おふくろはとにかく同情してくれてる」

「わたしたちだってそうよ。ルパート伯父さんのことはご心配なく。もともと同情する質《たち》の人ではないんだから」

ロバートはピアノの端に肘をついて彼女に向き直った。

「まったく散々な夜だよ。今夜はさぞ楽しい大みそかになると思ったのに、すべて台無しだ。なあ、イヴリン、何が悪かったか教えてくれないか。なぜきみは距離を置くんだい？　ここへ来てほしくなかったのかい？」

そういうわけではないわ、イヴリンは思った。彼女を困らせたり弁解がましいところさえなければ。

「来てくれて構わないの。ただ勘違いしないでほしいんだけど——ごめんなさい、ロバート、友達としか思えないのよ。これからもずっと。これを最後だと思って。気を悪くしないでね」

「心配には及ばないよ、イヴリン。ぼくはどうしてもきみと結婚したいんだから」

「だめよ！　そんな、できないわ。そういう気になれないの。友人としか思えないのよ。車のことは気の毒だわ、もちろん——」

「ああ、車は悲惨だ」

「そうよね、残念だわ、ロバート。でも仕方ないのよ。あなたのせいでルパート伯父さんにからかわれて、もううんざりなの」

「確かにミスター・ボールには腹が立つ」

「ええ、それだけは意見が一致する。本当よね、ロバート。伯父から火事の件でののしられるまで気がつかなかったでしょう。気の毒だわ」

ドアが開き、マーガレットが入ってきた。

「ミスター・レッチワースのお部屋の準備が整いました、イヴリン様」

「ありがとう、マーガレット」イヴリンは部屋を出る口実ができて有難かった。「もう火は消えたのかしら？」

「そのはずです。ご主人様や皆さんがお戻りになるところです」

「それならわたしたちは退散したほうがよさそうね。一緒に来て、ロバート」

マーガレットを後ろに従えてイヴリンたちが廊下に出たちょうどその時、玄関の戸が開いてルパートたちが入ってきた。皆服が霧で湿っていて寒そうだ。

ルパートが皆に声をかける。「新年最初の訪問者としては上々だな。一杯どうですか？　体が冷えきっている。新年の乾杯といきましょう。遅くはなりましたが」

「まあ、もう零時半なのに。三十分も過ぎていたら新年を祝えないわ。却って不吉よ」メアリーが言う。

「新年なんてどうでもいい、わたしはただ飲みたいんだ」

ルパートが廊下に立ったまま濡れた肩をハンカチで拭っていると、アースラがリチャードに二階へ上がって着替えるよう急き立てた。「あなたもよ、レックス。ひどい風邪を引きかねないわ。暖かい部屋から出る時にはオーバーコートを着なきゃ。ああ、本当に――」

「わかったから、母さん。火のおかげで暑かったくらいなのさ。強い酒をあおって、とっとと床に就きたいよ」

「なら、おいで」ルパートが言った。

夫が居間のドアの取っ手に手をかけた時にメアリーが言った。「飲むのならウィスキーのほうがいいわ。もうカクテルという気分でもないかと思ってマーガレットに処分させてしまったの」

ルパートが振り返って妻に詰め寄る。「なんだって？　とびきりのジンを無駄にするなんて！」

「寒気を吹き飛ばすにはウィスキーのほうがいいですよ。ゆっくり飲めますし」リチャードがとりなす。

「それもそうだな。ウィスキーはダイニングにあるよ。どうしますか、お義父《ファッター》さん？　消火作業をずっと立って見ていたから、体が冷えたでしょう」

「すぐに床に就いたほうがいいわね」メアリーは言い、父親を階段へ促した。「十分ほどで温かい飲み物を持ってゆくわ。あなたもそのほうがいいでしょう？」

ルパートが言い返す。「いや結構だ。すぐ飲みたいんだから。来るだろう、リチャード？」

ルパートがダイニングルームへ向かい、レックスとリチャードが後に続いた。ロバートは廊下に残りイヴリンのそばに来た。

「さっきのは本気かい？　今夜中にはっきりすると思ってたんだ。ここへ招待してもらったんだし――」

そこへアースラが割り込んだ。

「おやすみなさい、イヴリン。おやすみなさい、ミスター・レッチワース。お車、お気の毒です」

「過ぎたことですから」ロバートがつぶやく。彼は居間のドアにもたれて立っていた。ミセス・ヴァーミンスターとジェニファーも就寝の挨拶をする。ロバートは見るからに落胆している。女性たちが二階へ上がると彼は再びイヴリンに向き直った。

「ここへ誘ったのはきみだよ」彼が繰り返す。

「招いたのはルパート伯父よ。わかっているくせに」

「でも――」

ダイニングルームのドアが開き、リチャードが出てきた。

「ウィスキーはいいのかい、レッチワース？　早く来たまえ」

「いえ、結構です」

「何か飲んだほうがいいよ、ホットココアはいかがかね？」

「いえ、本当に何もいりませんので」

ロバートはとにかく父に構わないでほしいのがイヴリンにはお見通しだった。そうすれば彼女と二人きりになれるからだが、彼女はそれだけは避けたかった。この議論を長びかせて何の意味があるのだろう？　彼女の答えを彼が受け入れてくれたら、すべて丸く収まり学校で会っても気まずい思いをしなくて済む。だが彼が我を張り続けたら――イヴリンとしても失礼な態度を取らざるを得ず、厄介な結果になるのではないか？　彼女はロバートに無礼な真似はしたくなかった。彼に落ち度があるわけではない。現にいまだって、彼は車が悲惨な目に遭って――

「わたし、もう寝室へ行くわ、父さん」彼女が言う。

「そうしなさい、イヴリン。わたしたちもすぐに寝るから」

「おやすみなさい、ロバート」

「おやすみなさい」彼は見るからに気落ちしている。

「本当に何もいらないんだね？」リチャードが重ねてロバートに尋ねた頃にはイヴリンは二階へ向かいかけていた。

「はい。差し支えなければ失礼しようと思います。寒気がしてきましたので」

「それならますます一杯やったほうがいいんだが。ココアでもいいが。きみがベッドに入る頃に持っていってあげよう。部屋は二階に用意してある」

「本当に風邪を引いたようだね」数分後にリチャードは言った。ベッドに身を乗り出し羽毛ぶとんを叩く。「湯たんぽが必要だな。後でグロッグ（リキュールを水か湯で割ったもの）を持ってきてあげよう」

「ありがとうございます」ロバートは弱々しくベッドに座っている。「だんだん具合が悪くなってきました」

・・・・

二十分後にリチャードが寝室へ行くと、ロバートはディナージャケットを脱いだだけで服を着たまま、両手を胃に押し当て横向きにベッドに寝ていた。

「とても胃が痛みます。それに気持ち悪い。うう、ひどい痛みだ」

ロバートは顔をこちらを向けると頭をのけ反らせ、胃を押さえたまま起き直った。

「こんな痛みは初めてです。それに脚も痛む。ああ、どうしよう！」

「ひどく具合が悪そうだ。風邪とは思えん。体に合わないものを食べたんだな」

「辛くてたまりません」ロバートはベッドから出ると腰を深く折り曲げたまま部屋の中をよろよろと歩き出した。「お願いです、何とかしてください！」

「これは医者に診てもらわないと」

・・・・

ドクター・モーカムが到着したのは三十分後だった。メアリーは寝室のベッドに横たわるロバートの胃に湯たんぽを押し当てようとしたが、じっとしていないのでうまくいかなかった。ロバートは息ができないかのようにしきりに喉をかきむしる。深刻な病状なのは明らかだ。ドア口で父親と共に佇むイヴリンは、顔に恐怖の色を浮かべながらロバートを見守った。

ドクター・モーカムはメアリーとリチャードを部屋の外へ出した。

「病人のいる部屋には立ち入らないようにしていただきたい。ミスター・リチャード・ヴァーミンスター、何か階下から持ってきてもらうかもしれませんから、廊下で待っていてください。ミス・ヴァーミンスター、あなたはいていただいて構いません。手伝ってください」

イヴリンは渋々部屋へ入った。常日頃から沈着冷静だが、怖い目に遭うのは慣れていない。ロバートの苦悶の形相を目の当たりにしてめまいを覚えたが、何とか気を持ち直す。「何をしたらよいでしょうか」

「現時点では静かに見守るしかありません。お父様に救急車を呼ぶよう言ってきてくれませんか。数分のうちに患者を病院に搬送しなければ。ですが、まずは胃を洗浄しましょう」

三十分ほどしてリチャードが救急車の到着を告げた。

医師が言う。「できる限りの手は尽くしました。さあ、ミス・ヴァーミンスター、もう床に就いてください。くたくたでしょう。この錠剤を水に溶かして飲めば悪い夢を見ずに眠れるはずです」

・・・・・

催眠剤のおかげで朝まで熟睡したイヴリンは、朝食の前に電話で病院へ容態を問い合わせた。そこで告げられたのはロバート・レッチワースの死亡だった。午前五時に彼は帰らぬ人となったのだった。

第二章　チェビオット・バーマンの推理

一

　イヴリンはほとんど無意識でブレックファストルームへ入って行った。不快な胃の痛みを感じる以外ほぼ無感覚だ。

「ロバートが死んだわ」自分の声に驚く。こんな言葉を口にするとは思ってもみなかった。

ルパートが勢いよく顔を上げた。ベーコンエッグを載せていたフォークを置く。「なんだって！」

ジェニファーはすぐに立ち上がると、イヴリンの両肩に腕を回して小声で言った。「気の毒に」

ミスター・ヴァーミンスターは「死んだ？」と繰り返してじっと空を見つめた。

アースラの目にみるみるうちに涙が浮かぶ。「まあ、可哀相に。彼のお母様もお気の毒に。さぞお辛いことでしょう！」

リチャードも声を上げる。「大変だ！　確かなのかい、イヴリン？　どうやって知ったんだ？」

レックスは立ち上がると、当惑した様子でイヴリンとジェニファーに寄り添い、小声で言った。

「不運だな」

ミセス・ヴァーミンスターは周りの一人一人に目をやってから尋ねた。「ミスター・レッチワースがなんて言ったんですって？」それから隣に座っているルパートへしつこく尋ねた。「彼はなんて言ったの？」誰も彼女に答えなかった。

血の気の引いたメアリーが言う。「ああ、まさか！　病院へ電話したほうがいいかしら？」

イヴリンが答える。「わたしがしました。今朝の五時に亡くなったそうです」

沈黙が下りた。アースラは泣いている。

ミセス・ヴァーミンスターは皆の深刻な表情やアースラの涙を見て何事かを察し、無言のままイヴリンに目を向けた。

朝食が冷め始める。

ジェニファーとレックスがおずおずと元の席に戻る。

イヴリンは暖炉のそばの肘掛け椅子に腰を下ろした。膝の上で広げた両手の指が強張っている。

アースラが沈黙を破った。「イヴリン、お茶をお飲みなさい」目に押し当てたハンカチをしまうと、ティーポットとミルク入れを手に娘のそばに行き、悲しみをたたえつつも毅然と微笑んだ。それは彼女がこう言っているかのようだった。「もう泣くものですか、わが子に必要とされているのだもの」

アースラの手が震えてミルクがカーペットにこぼれた。

ルパートは咳をして皿の上の冷めて硬くなったベーコンに目を落としながらこっそりとテーブルを見回し、同じく目を泳がせていたミスター・ヴァーミンスターと目が合った。老人は当惑して視線を逸らし、ルパートは皿に視線を戻して玉子を食べようとした。

部屋は誰もいないように静かだ。

イヴリンは母になだめられて暖炉脇の椅子でお茶を飲んだ。

ルパートは冷めきってまずそうなベーコンエッグを見つめていたが、にわかに口を開いた。「死因は？　何か言っていたか？」そう言いながらフォークへ手を伸ばした。

イヴリンが答える。「いいえ」

リチャードは、昨夜のロバートの体調不良の様子を説明した。「何かの毒だとドクターが言っていた。プトマイン（蛋白質の腐敗によって生じる有毒物の総称）だとわたしは思う」

ナイフとフォークを駆使して口いっぱいに頬張っているルパートが言った。「何だって！　でもわたしは平気だったな。腹が痛くなりましたか、お義父さん？」

「昨晩の夕食にそんなものはなかったはずよ」メアリーが言う。

「ガチョウがおいしかったわ」アースラがつぶやいた。

二

午後に一階に下りてきたイヴリンは、マーガレットが玄関の上り段にいる二人の男性に応対しているのを認めた。一人は手入れされた赤いあご髭を蓄えた父親然とした長身の中年男性で、すぐ後ろに制服警官がいる。

「ミスター・ボールは外出しています」マーガレットが言っている。「六時までお戻りになりません」

「ご家族でいまいらっしゃるのは？」髭の男が強い口調で尋ねる。

「ご主人様とリチャード様は近くまでお出かけになりました。奥様はお休みになっています」

「ミセス・ボールにわたしの名刺を渡してくれませんか？」

「それはできかねます。午後の間はどなたにもお会いになりません」

髭の男はマーガレットの頭越しに、手すり子（手すり・欄干の小柱）に手を置いているイヴリンを見た。「あのお嬢さんにお手伝い願おう」

後ろを振り返ったマーガレットがつぶやく。「イヴリン様」

不安に襲われそうになるのを堪えつつイヴリンは玄関ホールへ下りてきた。「何かご用ですか？」

髭の男が言った。「わたしはエジスタッド署のカーシュー警視と言います。お話を伺いたいのです」

「まあ！」パニックで喉が詰まってしまい先が続かない。両手で拳を作り、気持ちを奮い立たせた。

「マーガレット、この方々をモーニングルーム（午前中用の居間）へお通しして」

客を案内したマーガレットがキッチンへ戻ってからイヴリンは部屋へ入った。

「ご用件は？」

「まずはお名前を伺いたいのですが？」警視が言った。

「イヴリン・ヴァーミンスターです」

「ボール家の方ではない？」

「はい。ミスター・ボールは伯父です」

「こちらにお住まいで？」

「わたしは――わたしたちはここに来てもうすぐ一年になります」

「すると昨夜もここに？」

「はい。それでご用件は何ですか？」

「お察しかと思いますが、昨夜この家で体調不良の末に死亡したミスター・ロバート・レッチワースについてです。彼の死亡状況を調べるのが任務でして」

「でも――なぜ？」

警視は彼女に目をやり、ためらいがちに言った。「残念ですが、ミスター・レッチワースの死は毒によるものと判明しました。相当な量のヒ素を摂取したのです」

「なんですって？」彼女は再び恐れで喉が詰まった。「つまり彼は――自殺したと？」

「死因を見つけるのがわたしの仕事です。お嬢さん、質問にお答えいただけると助かります。おかけになってはいかがですか」警視に促されて長椅子におずおずと座ったイヴリンだが、明らかに緊張していた。「さて、昨夜のパーティーについてです。ミスター・レッチワースは招待客の一人ですね？」

警視の質問など上の空であるかのように、イヴリンは神経質そうに部屋を見回した。

「はい。ええと、少なくともお客様ではありました。でもお客は彼一人でしたので」

「ほお。一人だけですか？　それはまたどういうわけで？」

イヴリンが言う。「そもそも内輪のパーティーでしたから。伯父夫婦と従妹、祖父母、父母と兄とわたし――それにミスター・レッチワース」

「なるほど。それでミスター・レッチワースが招かれた理由は？」カーシューは彼女の左手をちらりと見て婚約指輪をしていないのを認めた。「彼は――あなたの従妹とご婚約中とか？」

「いいえ。彼を招待したのはルパート伯父です」

彼女は顔を赤らめた。そして頰の紅潮に警視が気づいたとわかると彼女はさらに不安になった。もう隠してはいられない、イヴリンは観念した。他人に話すのは気が進まなかった。静かに監視している警官に発言を記録されるのだ。だがどうしようもない。秘密にしたところで、ルパート伯父が帰ってきたら話すに決まっているのだから――伯父のことだから下品なジョークを交えて大げさに言うに決まっている。

イヴリンは言った。「ミスター・レッチワースは――わたしを慕っていました。結婚を望んでいたのだと思います。でもわたしは――」

先を続けず、両手に視線を落とした。彼の死を知らされてから初めてこみ上げる涙に気づいて動揺する。

警視は気づいた様子だ。「それはお気の毒に。お辛いですね。いったん止めましょうか？」

「いえ、いいんです」警視が気遣ってくれているとわかるが、むしろ気づかないふりをしていてほしかった。一筋の涙が頬を伝う。「いやだわ」彼女は小声で言ってハンカチを手探りした。すぐに涙を拭うと目を上げた。「続けてください、どうぞ」彼女はむしろ積極的に言った。

警視は困惑しているようだ。「そうおっしゃるなら。では、ミスター・レッチワースから結婚を申し込まれたんですね？」

「はい。でも、お断りしました」

「なるほど。プロポーズはいつでしたか――かなり前ですか？」

「いいえ。言われたのは昨夜です」

「ふむ」警視はたじろいだ。「彼は――あなたに断わられるだろうと予期していましたか？」

「さあ、どうでしょう、そもそも求婚されると思っていませんでした。けしかけたつもりもありません。ルパート伯父がぜひ来いと熱心に誘ったので、勘違いしたのかもしれません――わたしが来てもらいたがっているのだと」

「なるほど。でも——失礼ながらこれはお決まりの質問で——彼は絶望したと思われますか？　彼がヒ素で自殺したとすると、一両日前から用意しなければなりません——ここへ来る前に。使う気がなければ、ヒ素を持参して出かけたりしないものです。つまり昨夜あなたと話した後でミスター・レッチワースが自殺したのなら、前もって自分に言い聞かせていたはずです、『ぼくは彼女にプロポーズをする。もし断られたら、その晩に自殺しよう』と。彼がそういうタイプだったと思いますか？」

「いいえ」イヴリンは言った。「そんな人ではありませんでした。まさか——彼が自殺したとは信じられません。少年のようにいつも陽気でした。アプローチはずいぶん積極的でしたが、だからといって自殺などするはずはありません」

「でも思いあまって——」

「まさか」融通が利かないのは父と同じだ、と思いながら彼女は警視をじっと見た。「わたしくらいの年頃だと冗談まじりにプロポーズされるものなんです。若い男性は気を引きたくてそうするんです。本心では少しも結婚など考えていないのに。わかっていただけないでしょうけれど」

警視が微笑む。「確かに理解しにくいですね。つまり、ふざけ合っているだけとおっしゃりたいのでしょうか」

「ずいぶん頭が固いんですね」

「そうとは思いませんが。ところでお父様は——ミスター・リチャード・ヴァーミンスターはあなたの父親ですね？——ミスター・レッチワースが一二時四五分頃床に就く前に気分が悪いと訴えていた、とドクター・モーカムに伝えたそうですね。彼の動向を——どこにいて何をしたかを——伺いたいのですが、午後一一時から就寝までどうしていましたか？」

「一一時には居間でゲームをしていました。一二時まで全員そこにいました」

「ミスター・レッチワースが部屋を出たりは？」

「しませんでした。それは確かです」

「それで、一二時の少し前には何がありました？」

「女中がやってきてガレージが火事だと言いました。男性陣は外に出て女性陣は玄関ホールの窓から消火を見守りました。消防隊が出動して鎮火されましたが、ミスター・レッチワースは家に泊まらざるを得ませんでした。車が焼失して帰宅の足がなくなったからです。居間の電話で今夜は泊まると実家に連絡し、わたしは彼が泊まれるよう来客用の部屋を整えた後、居間に戻りました――その後は皆の言う通りです」

警視が言う。「なるほど、それは興味深い。つまりその間にプロポーズされたのですね？　すると断られて彼が毒を飲んだのなら、その後になります」

あなたの言わんとすることはわかります、というようにイヴリンはじっと警視を見上げた。

「お嬢さん、ヒ素は毒が回るまで時間がかかります。どんな事案でも長くて一時間十五分、短くても十分はかかります。ミスター・レッチワースが一二時四五分に気分が悪くなったのなら、一二時三五分には飲んでいたはずです。あなたと話した後に服毒したなら、断られてから一二時三五分までの間です。彼が何か飲むのを見ませんでしたか？」

「いいえ、それはなかったはずです。ずっとロバートと話していたんですから。父からダイニングルームでウィスキーを飲まないかと誘われても行かなかったくらいです」

「彼のそばにいたんですね？　対面する形でしたか？」

「ええ。居間から出て廊下で立ち話をしました」

「なるほど。確かなようですね。ですがお嬢さん、そうなると非常に矛盾が生じます。彼が服毒したのがその後でないとなると、それより以前に飲んだことになるからです。それなら——自殺しようと服毒したなら——なぜあなたに結婚を申し込んだのでしょう？」

イヴリンはぼんやりと警視を見た。「でも毒なんか飲むはずがありません。ばかげています」

「確かに彼は本気ではなかったかもしれません、無茶とも取られかねませんからね？　それでも毒を飲んだ。そうでなくとも毒が彼の体内に入ったのです」

「知らないうちに飲んだのよ。何かの間違いに決まってます」

カーシュー警視が言う。「わかりました。その観点から考えてみましょう。まず、彼がどのようにヒ素を手に入れ——誤って——飲んでしまったか。あなたには見当もつかないようですね？　入手経路はひとまず置いておいて——どう服毒したのでしょう？　体内からは溶解した状態で確認されたので飲み物に混入されたと推察されます。午後一一時から一二時三五分の間に、彼は何か飲みませんでしたか？」

「記憶の限りでは何も飲んでいません」

「記憶の限りでは、ですね」警視がオウム返しに言った。「お話を伺ったところでは、一緒にいなかったのは彼が消火のために外にいた一二時頃の十分間と、居間で電話をかけていた数分間だけのようですね。屋外でも誰かから携帯用の酒瓶でも渡されない限り、彼が服毒した可能性はないと考えています。ふむ、それは後々わかるでしょう。ところで彼が居間で電話をしていた時——室内に飲み物はありましたか?」

「なかったと思います。年越し恒例のカクテルはありましたが、メアリー伯母さんがもう片づけたと言っていました」

カーシュー警視の視線が鋭さを増す。

「カクテルですか?」

「年越しのタイミングで飲むはずだったものです。女中のマーガレットが一一時四〇分に持ってきました。皆グラスを取りましたが、飲むのは一二時になってからだとメアリー伯母さんが念を押しました」

「するとグラスは?」

「自分の分は窓際のテーブルに置きました。祖父も同じ場所に置きました。ああ、そういえばロバートも。グラスを持ったままゲームに興じる人もいました」

「なるほど。女中が部屋に来た時の話に戻りましょう。どんな様子だったか詳しく聞かせてください」

「マーガレットはグラスの載ったトレイを持っていました。一人一人にグラスを配ってくれました」

「何か特別なことは?」

「何も」彼女は困惑の眼差しで警視を見た。

「まさか」彼女は口をいったんつぐんだ。「カクテルに毒が入っていたというんですか?」

「それはなんとも言えません、お嬢さん。ところでひとつ質問があります。ミスター・レッチワースの体内にどう毒が入ったのでしょう? 服毒したのは事実です。毒はどのように持ち込まれたと思われますか？」

「さあ。わたしにはさっぱり――」

「なるほど。それでは一緒に推理してみましょう。あなたはミスター・レッチワースのグラスに触れましたか？」

「はっきりしませんけど触れていないと思います。ずっと同じ場所に立っていたわけじゃなくて、室内を移動していたので」

「ほお？　するとミスター・レッチワースのグラスが置いてあったテーブルのそばに、しばらく立っていた人もいたかもしれませんね？」

「そうですね。でも――そうなると――まさか――誰かが彼のグラスに何か入れたとでも？　それじゃあ――殺人じゃありませんか！」

カーシュー警視が諭すように語りかける。「お嬢さん、それはこれから捜査しなければわかりません。ミスター・レッチワースが自殺するはずはないとあなたは教えてくださった。となると誤って服毒したか、何者かに毒を盛られたかになります。誤って服毒した場合、居間にヒ素があった理由はなんでしょう？　出しっぱなしにする代物ではありませんし、仮にその場にあったとしても、巧妙に隠されてでもいない限り、誤って飲むものではありません。あなたの話で毒が混入された可能性があるのはカクテルだけです」

「でも誰も飲まなかったんですよ――片づけられてしまったんですから」イヴリンが語気を強める。

「お嬢さん、お気づきになりませんか？　カクテルを飲んだ人はいなかったけれど、誰もが部屋の中で移動していたとあなたはおっしゃいました。ミスター・レッチワースがあなたの知らぬ間にカクテルを飲んだ可能性があります。グラスを女中が片づけたと伯母様がおっしゃったからあなたはそれを信じましたが、実際どうだったかわからないでしょう?」

「そうですね。確かに。でもそうだとしても——殺人だなんて。まさか」

「何もそうは言っていません。われわれは訊き込みの結果を考慮して、あなたのカクテルの話に注目したまでです。これまで訊いた話の中で毒を混入できると思われる唯一のタイミングです。そして混入されたとしたら、どうやって——たまたまでしょうか?」

イヴリンは押し黙った。恐怖に怯えた眼差しでじっと警視を見つめる。「まさか」彼女はようやく言ったが、それは警視にというより彼女自身に言い聞かせているようだった。常日頃から人の声の抑揚に敏感なカーシュー警視は、彼女が答えているのではなく自問していると感じ取った。

警視は続けた。「重要な点です。ヒ素はたまたまカクテルに混ざるたぐいのものではありません。グラスの様子をもっと聞かせてくれませんか。あなたのお話では、一一時五五分に部屋を出るまでの間に口にできたと思われるのはカクテルだけでした。それからどうなりました——そのグラスは?」

イヴリンは答えなかった——警視の声が耳に入っていないようだ。

「あなたが部屋を出た後グラスはどうなりましたか?」警視が繰り返す。

「ああ」彼女は警視の存在と彼の声に急に気づいたようだった。「皆居間へ移動しました」

「ミスター・レッチワースが電話をしている部屋へあなたが入った時、他に誰かいましたか?」

「いいえ」

「わかりました。それでは女中に話を訊くとしましょう」

イヴリンが立ち上がる。「呼んできます」

「それには及びません。あなたにも同席していただきたい。このベルを鳴らせばいいんですか？」

イヴリンは頷いた。考えをなんとか言葉にしようとしているようだ。「でも警視さん、まさか本気で――」彼女がやっと言った時、ドアが開きマーガレットが姿を現した。ドアノブに手を置いたままでいる。

「イヴリン様、お呼びですか？」

「警視さんがあなたに訊きたいんですってよ。用件は――」

カーシュー警視が口を挟む。

「昨夜一一時四〇分にあなたがトレイに載せたカクテルを配ったと聞いています。なぜそうしたのです？　トレイを置いて各自が取るようにすればよかったのでは？」

マーガレットはイヴリンを見やり、それから警視に目をやった。明らかに怯えている。

「トレイのまま置いた時もあります、ここへ来たばかりの四年前に。でも年越しのタイミングで皆さんがトレイに集まってまごつき、カクテルがこぼれてしまったことがありました。その後奥様からお一人ずつ配るよう言われ、それからはお言いつけを守っています」

「それで年越しより二十分も前に？」

「いつもですと七分前にお出しします。そのほうができたてでおいしいですから。でも今回の年越しでは女中連中でもキッチンでお祝いをしようという話になっていたので、早めにお出ししていいとお許しいただきました」

「なるほど。それは誰から？」

「奥様からです、警視さん」

「いつです?」

「そうですね、十日ほど前の夕食時に、年越しのお祝いの準備について話していた時です。クリスマスの時にもそうだったように、年越しの時にはカクテルを早めに出していいとのお言いつけでした」

警視はイヴリンのほうを向いた。「それを覚えておいでですか?」

「ええ。クリスマスイブの土曜日はそうだったと思います」

「すると昨夜ディナーを取っている時、あなたがたはカクテルが早めに配られるとわかっていたのですか?」

「そうです」

カーシュー警視は再びマーガレットに尋ねた。「ミセス・ボールとしては、早めにカクテルを持ってきたら一人一人に配らないで、トレイごと置いてほしかったのではないですか?」

「いいえ、それはございません。奥様はそうはおっしゃらなかったので、これまでの三年間と同じにしました。クリスマスイブにもそうしましたよ。奥様からお咎めはなかったので、お配りしてよかったはずです」

「なるほど」カーシュー警視が言う。「それでは、あなたが持っているトレイから皆自分でグラスを取ったのですね?　間違いありませんか?」

「はい」

「トレイから誰でもどのグラスでも取れる状態でしたか?」

「は、はい」マーガレットはドアノブから手を離すと両手を握ったり開いたりした。いくつもの質問に答えるのに緊張しているようだった。顔を紅潮させ、明らかに落ち着きがない。「はい。自由に取っていただきました」

「わかりました。年越し前に火事が起きた時、ミセス・ボールはグラスを片づけるよう言ったと聞きました」

「はい、警視さん。ずいぶん時間が経ってしまったので、もう皆さん召し上がらないだろうとおっしゃって」

「一度に片づけたのですか？」

「はい」

「それは何時でしたか？」

マーガレットは考え込んだ。彼女の頰の赤みが治まってきた。

「ご主人様方が戻る二十分ほど前です。一二時一〇分頃だと思います。そうですよね、イヴリン様？」

警視が言う。「なるほど。さて、これからする質問をよく聞いてください、重要な点です。カクテルを片づけた時、グラスの様子は同じでしたか？　飲み干されたグラスがあったり数が足りなかったりといったことは？」

「ありませんでした、警視さん。グラスはすべて口がつけられていないままでした」

「そうなると捜査は振り出しに戻りそうです」警視はインスピレーションを求めるようにイヴリンを見た。そして新たな考えが浮かんだ彼は再び女中に話しかけた。「これはとても大切なので、ぜひ確認したいのです。あなたを疑っているわけではありませんが、何か見落としているかもしれませんので。片づけたグラスを洗うためにキッチンに行かれたと思いますが、夜のうちに洗ったのですか？」

「いいえ、朝食の片づけの時に一緒に洗うつもりでそのまま置いておきました。何しろ真夜中ですから」マーガレットの説明は言い訳めいていた。

「そうでしょうとも」カーシュー警視が言う。「そんな時間に働けとも言われていないでしょう。するとグラスは朝までそのままだったのですね。そして朝食後の皿洗いの際、グラスはあなたが居間から片づけた時と変わりありませんでしたか？　カクテルに口をつけたりは？」

女中は再び紅潮し、申し訳なさそうにイヴリンを見た。

「もうお飲みにならないだろうと思って――。年は明けちゃったんだから平気だとコックも言って――」

「ああ、なるほど。キッチンでカクテルを飲んだのは何人です？」

「全員が飲みました。四人とも」

「ふむ。するとグラスを洗う時には、空のグラス四つとカクテルの入ったままのグラスが六つあったはずです。そうですね？」

「はい」

「朝の皿洗いは誰がしましたか？　あなたですか？」

「いいえ。洗ったのはキッチンの下働きのジャネットです」

「ぜひ会いたいですね」カーシュー警視が言う。「いや、ここにいてください。わたしがベルを鳴らしますから。そういえば、コックは今朝どうしています？　元気ですか？」

マーガレットは驚いたようだった。「ええ、大丈夫です」

「それは何よりです」カーシュー警視は明るく言った。「あなたがたの誰かが具合悪くなったら、この家は回らないでしょうからね」

ベルに呼ばれてやってきた女中のグラディスは、ジャネットを来させると言って出ていった。なかなか来なかったので、カーシュー警視は室内を行き来しながら推理を巡らせ、イヴリンは座って暖炉の火を眺め、マーガレットは居心地悪そうにドアに背を預けて立ったまま、警視とイヴリンを見ていた。

「まだ来ませんか?」とうとう警視が言った。

「皿を洗って片づけてからじゃないとコックが来させないんです」イヴリンが言う。「警視、まさか本気で――」女中がいるのを思い出して急に口をつぐんだ。イヴリンはカーシュー警視の心のうちが読めぬものかと視線を送ったが、彼の顔はかすかに情け深さは窺えるものの、ほとんど感情は読み取れなかった。

と、そこへ控えめにドアをノックする音がした。イヴリンが言った。「どうぞ」

十六歳にしてはやけに身繕いの整ったジャネットが部屋に入ってきた。室内に何人もいると知ると彼女は怯えた様子を見せ、窓際で鉛筆とメモ帳を手にじっと立っている制服警官に気づくと、さらに怖気づいた。

「入ってください、ジャネット」警視が声をかける。「何も怖がる必要はありません。少し訊きたいだけです。あなたは今朝食事の片づけをしましたね?」

「はい、警視さん」

「昨夜のカクテルグラスも一緒に?」

「はい」

「そのグラスについて訊きたいんです。カクテルが入ったグラスと空のグラスの数はそれぞれいくつでしたか？」

ジャネットは額にしわを寄せて考え込んだ。

「空のグラスが四つ、入ったままのグラスが五つでした」しばらくして彼女は言った。

「ほお？」

イヴリンやマーガレット、そしてカーシュー警視と警官から驚きの眼差しを向けられているのに気づくと、ジャネットは急に落ち着かなくなった。

「全部で九個ですか」警視が言う。

「はい。朝食の皿の戻りが遅かったので、先にグラスだけ洗いました」

カーシュー警視はマーガレットのほうを向いた。

「居間にあったグラスをいくつ片づけましたか？」

「わ、わかりません。数えませんでしたから。そこにあったのを片づけただけです」

「そしてたくさん飲んだようだ。ふむ。さあジャネット、今度は十個目のグラスについて訊きたい。後から受け取ったようですが、誰からですか？」

「グラディスからです。彼女が見つけて――」

カーシュー警視が片手を上げて制した。「それはグラディスに訊くとしよう」

彼は再びベルを鳴らすと、返事をする声がして女中がドアを開けた。

「グラディスだね」警視が言う。「入ってドアを閉めてください。今朝方ジャネットにカクテルグラスを渡したそうですね。どこでグラスを見つけましたか？」

「居間です」ジャネットのように怯えるわけでも、マーガレットのように紅潮するわけでもなく、グラディスはむしろ興奮していた。「わくわくするわよね？」と言わんばかりにマーガレットに微笑みかけ、窓際の警官へあからさまに目をやる。警官はとっさにメモ帳に目を落とし、公私の違いをはっきりさせた。

「カクテルが入っていましたか、それとも空でした？」

「空でした。誰かが飲み干していました」

「居間のどの場所で見つけたんです？」

「電話のそばの壁龕《へきがん》（彫像などを置くために壁をえぐって造られた凹状の部分。壁の凹んだ所）です」

「まあ！」イヴリンは叫び、警視を見た。

彼はしばし考えた。「口をつけてこぼれたような様子はありませんでしたか？　飲み干したと断言できますか？」

「はい。こぼれたりしていませんでした」

「なるほど」警視は再び部屋を行き来した。「はっきりさせたい点があと二つあります」ようやく彼は言うと足を止めてマーガレットのほうを向いたので、動物園のトラのようだとグラディスは思った。

「深夜あなたは部屋を見回して目についたグラスを片づけたんでしたね。特に数えはしなくても全部集めたかどうか最後に部屋を見回したはずです。そうですね？」

「はい。グラスを集めてトレイに載せました」

「それで、電話のそばは見ましたか？」

マーガレットはすぐには答えられなかった。

「その時の様子を正確に教えてください。詳しくお願いします。トレイを手に部屋に入ったあなたは灯りをつけたはずです。まずどこへ向かいましたか?」

「マントルピースの上にグラスが三つありました。まずそれをトレイに載せました。それから窓際のテーブルに行き、二つ回収しました。そして他にないかどうか部屋を見回しました。ピアノの上に二つありました。それもトレイに載せ、ピアノの上の大きな鉢植えの裏にもあるかもしれないと思ってスツール側に回って確かめました。ああ、それから壁龕も見ましたが、グラスはありませんでした。確かです。それに部屋の真ん中のテーブルの上に二つありました」

マーガレットはお仕着せのエプロンの辺りで指を折って数えた。

「九つにしかならないわ! 一つだけ見逃すはずはないのに」

「よくわかりました。違う質問をしますよ。カクテルを作ったのは誰ですか?」

「わたしです、警視さん」マーガレットが言った。

「一度に作ったんですね?」

「はい」

「全部一度の作業で作り、十個のグラスへ順番に注いだ。そうですね?」

「はい、そうです」

三

翌朝の朝食時にルパートが言った。「今日は出かけるのが遅くなりそうだ。刑事と会わなきゃならない。よりによって忙しい日に、まったく厄介だ。とにかく警察にはペースを乱される」

「死亡者が出たら調書を取る決まりなんでしょうね」メアリーが言う。

「それは初耳だ」ミスター・ヴァーミンスターが口を開く。「誰だっていつかは死ぬ。わざわざ警察が出る幕でもない」

「とにかく急なことでしたから」アースラがつぶやく。

メアリーが嘆く。「可哀相なミスター・レッチワース。昨日の夜、彼のお母様から悲痛なお手紙をいただいたのよ」

「確かにレッチワースは気の毒だと思っている」ルパートが言う。「彼には目をかけていたから。でもわたしに何ができたというんだ、たまたまこの家で発症したからといって。手に負えないよ」

「義兄さんは責任を果たしましたわ」アースラが言う。

「もちろんさ。だがあの刑事は昨日の午後イヴリンや女中たちからずっと話を訊いていた。そして今度はわたしだ。奴が自殺したかどうかなんてわたしにわかるものか、そうだろう?」

「今朝警官二人がここに来ていたのを知っていますか?」リチャードが尋ねた。「庭を調べたり火事のあったガレージを見たりしていましたよ」

「どうしてだろう?」ルパートが尋ねる。

「わたしも庭師に同じ質問をしたら、ひどくいきり立っていましたよ。たった一つしかない除草剤の瓶を警察に持っていかれたって言って」

「なんだって!」ルパートは声を荒げた。「上等じゃないか！　勝手に庭を嗅ぎまわって断りもなくうちの所有物を持ち去るとはどういう料簡だ?　黙ってはいられないぞ」

一〇時になるとカーシュー警視がやってきた。同行しているのは黒い目の小柄な若い男で、黒い髪が無造作に額にかかっている。

「彼はロンドン警視庁のバーマン警部補です」警視が紹介するとルパートがすかさず言った。

「それよりもまず、あなたのところの連中がうちの物を持っていった理由を聞かせてくれませんか？今朝警官が二人来て除草剤の瓶を持ち去ったとか。どうしてです？」

「すぐにお戻しするつもりですよ、ミスター・ボール。今回ヒ素中毒による犠牲者が出ました。除草剤は原料にヒ素が含まれているものですから調査対象となり、今回の場合、いったん押収せざるを得ませんでした。鑑定し次第お戻ししますよ」

「それはありがたい。ご親切に。それで今度はどんなご用件で？」

「ミスター・ボール、本事件はバーマン警部補が担当になりました。それをお伝えしようと思いまして」

ルパートは気乗りしない様子でバーマン警部補へ頷いてみせた。

「事件と言うからには、家の中を何週間も捜査するんでしょうね。どうなっているんです？」

「昨日の訊き込みの様子を姪御さんから聞いていませんか？」

「あなたが来て女中に話を訊いていたとは聞きました。確かカクテルについてだったと。どう関係があるというんです？　誰も口をつけなかったのに。そもそもなんの変哲もないドライマティーニですよ——水みたいなものです」

「それは警部補に説明させましょう、ミスター・ボール。わたしは署に戻りますので」警視が立ち去り、少ししてからルパートは尋ねた。「それで？」

「座っても構いませんか?」チェビオット・バーマン警部補は言った。ルパートに急かされるつもりはない様子だ。事件に関しては、初めからことを急ぐものではない。レッチワースが毒を盛られたとされる時、コックと女中三人を除いて室内には十人がいた、とカーシュー警視から聞いていた。そして現在、レッチワースが殺害された可能性もあるので、容疑者も十三人となる。その中から十二人を外すには時間がかかるだろう。それにミスター・ボールは五分ほどでは事情聴取が終わりはしないとすぐに気づくだろう。

チェビオット・バーマン警部補は元来陽気な性格で、若々しい精悍な顔つきだが、ときおり同情を示す人懐こい笑みを見せて訊き込みの対象者から必ず信頼を得ている。だが会話の主導権を取りたがるルパートに対して同情の念を抱かなかった。

警部補は切り出した。「ミスター・ボール、わたしがここに来た理由を正しく理解していただきたい。昨日の早朝死亡したミスター・レッチワースは検死の結果、ヒ素中毒が死因と判明しました。相当量のヒ素が混入された液体を、初期症状の出た一時間十五分前に飲用した可能性が高いのです。症状は一二時四五分頃には出たと理解しています。つまり死亡者が服毒したのは一一時三〇分以降です。余裕を持って一一時一五分と見てもいいでしょう。服毒するまでは屋内や庭にいました。死亡者がどのように服毒したかを調べるのがわたしの任務です」

ルパートは鼻を鳴らした。「とにかく、朝からばたばたされるのはごめんです」

「以後気をつけます。ですがこの家で——あなたのご自宅で調書を取らねばなりません。ですから礼儀として、まずあなたのところに伺ったのです」

ルパートは高慢な人によくあるように、「礼儀」という表現にすぐに気をよくした。そういう彼自身が一番礼儀知らずだと指摘すれば一番効果的なのだろうが。

「わかりました。そういうお話でしたら。それで？」

「二、三お伺いしたい件があります、ミスター・ボール。それに女中以外の下働きの人たちにも話を訊かせてください。これだけはご理解いただきたいのですが、ミスター・レッチワースは服毒しました。自ら死を選んだか、なんらかの過失によるものか、あるいは――殺人です。服毒したのは一一時一五分より後です。また、初期症状が出る少なくとも十分前には毒が体内に混入されているはずです。ヒ素が症状を引き起こすまで最短で十分なので。つまり一二時三五分より前になります。一二時三〇分になる前に、ミスター・レッチワースはあなたの姪御さんに求婚しました――自ら命を絶つつもりで服毒していたら結婚を申し込むはずがありません。姪御さんはプロポーズされた時から一二時三五分までの間そばにいたけれど、彼は何も口に入れていなかったと証言しました。つまり、それを信じるなら、ミスター・レッチワースは自殺などするはずがないのです」

ルパートはタバコケースを取り出し、警部補に勧めた。「実に興味深い」

バーマン警部補はタバコを断って話を続けた。「次に、過失の可能性ですが、ミスター・レッチワースが一一時一五分から一二時三五分までの間に誤って服毒したのなら、溶解できるタイプのヒ素があなたの家にあるはずです、ミスター・ボール。その可能性があると思われますか？」

「いえ、まったく。妻に訊いてください。家のことはすべて任せているので。ヒ素なんか家で何に使うんです？」

「通常でしたら居間では使用されません。まず、除草剤として――庭にあった瓶をお借りしたのもそのためです。火薬、羊を洗う洗剤や猫いらずなどにも使われます。猫いらずなら屋内にあるかもしれませんが、来客の口に入るような場所には置いてないはずです。それに除草剤についても伺いたいのですが、ガレージの火を消す時にミスター・レッチワースが瓶を見つけ、飲み物と誤って一口――飲んだりしませんでしたか？」

　ルパートが言う。「何も話すことはありません。聞きたいのはこっちですよ、警部補。ヒ素についてはあなたのほうが詳しい――わたしにはさっぱりです。どうやら警察ではロバートは自殺でも過失による死でもないと考えている、つまり殺人と見なしているんですね。大みそかにこの家にいた誰かが彼に毒を飲ませた、そういう推理なんですか？」

「残念ながら、その線で捜査しています」

「見当違いも甚だしい。誰を起訴するつもりなんです？　わたしですか？　それとも妻を？　冗談にもほどがありますよ、警部補！」

　バーマン警部補は肩をすくめた。「誰も訴えるつもりはありません。事実を把握しようとしているだけです」

「殺人と考えるなら、それなりの嫌疑があるんでしょう」ルパートは言い返した。「ばかばかしい。ここにいるのは全部身内だとご存知ですか？　わたしや妻じゃないというなら、誰を疑っているんです？　それに動機は？　警察にとってそれが重要なんでしょう？　皆ミスター・レッチワースと知り合いになってたった三か月ですよ、イヴリンは別として。彼女を疑っているんじゃないでしょうね？まさか、そうなんですか？」

「いえ、まったく。どなたも訴えるつもりはありません。現時点では、ミスター・レッチワースがカクテルグラスから服毒した可能性が高いとわれわれは推理しています。九つのグラスが片づけられた後で――つまり翌朝に――もうひとつの空のグラスが、一二時二〇分時点にミスター・レッチワースが使用した電話のそばで見つかりました」

「だからどうだと言うんです？　グラスに毒が盛られていた証拠にはなりませんよ」ルパートは言い返した。

「確かに。現時点ではっきりしているのは、死亡者の体内に毒があったということです。どう体内に入ったかは推定の段階です――いまのところは。それでもやはり事実には変わりません。一二時二〇分にミスター・レッチワースは居間に一人でいました。そのしばらく後で彼がいた場所のすぐ近くに、誰かが飲み干したと思われる空のグラスがあった――そして現時点では、服毒したと思われる時間帯に死亡者が他の物を口にした形跡はありません。そこで当面われわれは毒が混入されたのはカクテルグラスだと推定しています。まだ確定されていませんが、それを覆す事実が出てくるまでは妥当な線です。続けて伺いたいのですが、グラスに毒が混入されたのなら、誰が入れたのでしょう？」

「警察はそうやって人を吊し上げるんですか？」ルパートは語気を強める。

「これだけでは陪審を説得できません。あくまで推定としてですから仮定の段階に過ぎません。手掛かりを見つけるためです」

「納得がいきませんね。あいにくわたしは刑事ではなくビジネスマンですので。何者かがカクテルに毒を入れたとしたら、全員の命が狙われたんですね。同じシェーカーで作ったんですから」

「シェーカーから毒は確認されていません。それにグラスを九個片づけた後、コックと女中三人はキッチンでカクテルを飲みました」

「なんですって！　コックたちを後でこってり絞らないと――とにかく、あなたの推理は支離滅裂だ」

警部補が静かに言う。「ここで重要なのは、カクテルが作られた時に毒が混入されていなかったと証明される点です。一つのグラスにだけ後から混入されたに違いありません」

「でもグラスは無作為に配られたんですよ。トレイの上のグラスを皆それぞれ取ったんだから」

バーマン警部補はポケットからパイプを出して刻みタバコを詰め始めた――気さくに見えるよう、そして相手の気持ちをほぐしたい時に決まってする行為だ。

「そうですね。だからこそ毒は後で入れられたに違いないのです。いいですか、ミスター・ボール。あなたには信じられないでしょうがミスター・レッチワースが服毒したのは事実ですし、これまでの状況から自殺や過失とは考えていません。どうしても殺人の線で捜査しなければならないんです。決して愉快とは言えないこの訊き込みにご協力いただき率直に感謝いたします。あなたのお話から、殺人の可能性はないと証明できれば一番よいのですが。そのためには服毒までの流れを調査しなければなりません。殺人ではなく、自殺か過失のはずだと証明されるのが大切なんです。現時点では可能性が低いですが。おわかりいただけますか？」

「わかりますとも」

警部補は話を続けた。「では次の質問です。グラスにヒ素を入れる機会があった人物はいましたか？　それにより犯行時刻が大幅に絞られます。レッチワースが一二時二〇分に毒を飲んだのなら、犯人はそれ以前の四十分間にヒ素を混入したに違いありません。なぜならグラスは一一時四〇分に居間で配られたからです。さらに犯行時刻が絞られる要素はありますか？」

「見当もつきません。あなたの推理はまったくもってばかげている」

警部補が食い下がる。「一一時五五分に火事だとわかってあなたがたは皆部屋から出ました。ミスター・レッチワースより早く家へ戻ってきた人物を知るのが重要です。男性陣は皆あなたについて外に出たのでしたね。もちろんレッチワースは別として、全員一緒に戻ってきたと証言できますか？」

「もちろんです。わたしたちは消火に必死でした――義父は作業を見守るばかりでしたが、ずっとその場にいました。作業中わたしは何度もぶつかりましたから」

「なるほど。その間、女性陣は玄関ホールにいたと奥様が証言してくれるでしょう。そうなると、居間に置いてあったグラスに毒が混入された可能性のある時間帯は、グラスが配られた一一時四〇分から、皆さんが部屋から出た一一時五五分の間です。つまり、その十五分間が重要なのです」

四

ルパートはダイニングテーブルの端の席に座り、数分もの間ただ黙々と冷製ラムを食べていた。これは珍しいことだった。おしゃべりな彼は持論を展開して反論する者を言い負かしたり、友人や身内を批判したりするのを常としている。ルパートが黙っているのはとても珍しいので皆は警戒した。彼が部屋に入ってくるまでイヴリンはテーブルの向こうにいるジェニファーと話していた。レックスはオフィスにいて五時三〇分にならないと戻ってこない。アースラはいつものようにすべて安泰だと言わんばかりの笑みをテーブルを囲む一人一人に向けていたが、内心は違っていた。リチャードとメアリーは低い声で話していた。静かだったのは食べるのに夢中なミスター・ヴァーミンスターと、耳が遠いミセス・ヴァーミンスターだけだった。そしてルパートが部屋に来たとたん、皆の会話がぴたりと止んだ。ぎこちない沈黙が続き、さすがのミスター・ヴァーミンスターもおぼつかない様子でマスタードを取りつつ、テーブル越しにルパートに視線を向け、口を開いたものの何も言わずに口を閉じた。

口火を切ったのはミセス・ヴァーミンスターだった。質問はよくするが、答えが聞き取れないのが彼女の常である。「ねえルパート、刑事さんに会ったの?」

「はい」ルパートは言った。それ以上話すつもりはないらしかったが、とにかく沈黙は破られた。

イヴリンが言う。「刑事が二人来たとマーガレットが言っていたわ。でもわたしが昨日会った人は長くいなかったんですって」

「何を言わなかったの?」ミセス・ヴァーミンスターが尋ねる。

「『いなかった』のよ」イヴリンは大きな声で言った。彼女は落ち着かなかった。捜査状況を知りたいのに伯父が口をつぐんでいるのがいらだたしい。「捜査はどんな様子なんですか、ルパート伯父さん」

「特に何も。ロンドン警視庁の刑事の無駄話につき合わされて朝のラジオを聞きそびれてしまった」

「まあ! ロンドン警視庁ですって?」アースラがオウム返しに言った。

リチャードも口を開く。「それは穏やかじゃないですね。地元警察がロンドン警視庁まで呼ぶなんて……刑事と話した時には情報を聞き出そうとしても相手は口が堅かった」

メアリーが言う。「わたしが訊かれたのは、玄関ホールで消火活動を見守っていた時に居間に誰か戻ってこなかったかどうかよ。イヴリンとミスター・レッチワースだけだと言ったわ」

リチャードはさらに言った。「わたしはもっと詳しく訊かれましたよ。外から先に家に戻った人はいなかったかって――メアリーへの質問と同じですね、わたしも同じ答えをしました。消火活動をしている間にレッチワースに携帯用の酒瓶か何かを渡した人がいなかったかどうかも訊かれました。『いませんでした』と答えましたよ。質問の意図を尋ねても軽くあしらわれてしまった」

ルパートは言った。「わたしには相当ざっくばらんだったよ。殺人事件だと考えていると言っていた」

「殺人ですって？　まあ、大変！」アースラが叫ぶ。

イヴリンが言う。「昨日、別の刑事さんからも、それとなく言われたわ。でも何も言えなかった――そんなことが起こるなんて思いもしなかったもの」

「ルパート、そんなのばかげていますよ」リチャードも声が大きくなる。

「そりゃそうだ。訊き込みをしている警部補は若僧だから、自殺ではなくて殺人だと推理して周囲の気を引こうとしているのだろう。ともかく奴は殺人の線で捜査を進めると言っていた」

メアリーが尋ねる。「何か手掛かりを見つけているのかしら？　まさかそんなはずはないわ、そうとしか思えない。手掛かりを見つけたと思い込んでいるのね、じゃなきゃそんなこと言わないもの。勘弁してほしいものね！」

「なら奴に直接そう言うんだな。わたしは散々言ってやった」ルパートはテーブルに肘をついて両手を握りしめた。「もともと居間にヒ素はなかったはずだから誤飲ではなかったし、居間で電話をしているのをイヴリンに見られている状態で服毒した可能性も低いと奴は言うんだ――そして電話の前にはイヴリンにプロポーズしていたので、やはり服毒をしたはずはない、と」

全員の視線が向けられてイヴリンは頰を赤らめた。

アースラが言う。「あなたったら、内緒にしていたのね」その声には非難がこもっていた。「可哀相に、悲惨な結果になって」彼女は立ち上がり、娘の座る椅子の後ろに回ると肩に優しく手を置いて頭にキスをした。だがイヴリンは母の手をすげなく払った。「母さん、よして」

リチャードは口を開きかけて、また閉じた。

イヴリンの話題から皆の注意を逸らそうとしてジェニファーが話しかけた。「話してよ、父さん。何か言いかけたでしょう。ロバートは毒を飲んで死んだりするわけはないわ」

「ああ。もちろんそうだとも。だが手掛かりは神のみぞ知る、だ。誤飲と自殺の線が消えると、殺人しか残らないんだ」

ミスター・ヴァーミンスターが大声を上げる。「何だって、ルパート？　殺人だと？　警察がどう言おうと勝手だが、まさかおまえまでそうだと――」

「思っていませんよ。ばかげていると言ったでしょう？　ロバートがイヴリンにプロポーズをしたと聞くとそれが動機のように思えるけれど、誤飲に決まっています。トニックウォーターにも微量のヒ素が混じっていると聞きますから、飲みすぎたんじゃないですか。ひょっとしたら薬剤師が誤って大量に処方したのかもしれない」

「警察はなんて言ってるんです？」アースラが尋ねる。

ルパートは言った。「さあ。今度会ったら訊いてみよう」

五

「バーマン警部補がお話を伺いたいそうです。居間でお待ちです」

ミスター・ヴァーミンスターが視線をタイムズ紙からマーガレットへ移す。

「わしになんの用だ？」

「さあ。今朝からご主人様と奥様、リチャード様にお会いになって――」

「それはわかっておる。どうやら全員警部補と会わなければならないようだ。それにしても――」

ミスター・ヴァーミンスターは口髭の奥で何やらつぶやきながら居間へ行った。

チェビオット・バーマン警部補はピアノの屋根に両肘を預けるようにして後ろにもたれかかっていた。実にくつろいだ様子である――娘婿の家に来て一年余りになるミスター・ヴァーミンスターよりもずっと。

「お越しいただきありがとうございます。わざわざお呼びたてしたのは、この部屋のほうが静かで都合がよいと思ったものですから。年越しパーティーが開かれたのはここですね？」

老人が頷く。

「ご家族で？」

再び老人が頷く。彼の返事は頷くか叫ぶかの二種類だ。

バーマン警部補が言う。「当日の参加者を確認させてください。ボール夫妻と一人娘のジェニファーさん、もともとその三人がこちらにお住まいだった。そしてミセス・ボールのご親戚があなたとあなたの奥様も含めて六人、このところ一緒に住んでいらっしゃる。ミスター・ボールは寛大な方ですね」

ミスター・ヴァーミンスターが何やらつぶやいたが警部補には聞き取れなかった。老人の表情からは、肩身が狭いと言わんとしているのが読み取れた。

警部補が続ける。「親戚と同居するのは珍しくはありませんし楽しいものです。奥様の親族六人を受け入れるところをみると、ミスター・ボールはかなり裕福なのですね?」

老人は片手で半円を描くようにして部屋の中の調度品を指し示した。なるほど、実に華美で豪華な品々である。「ご覧の通りだ」

「まさしく。貧しいとは言えませんね?」警部補がパイプを取り出す。「ここで喫っても構いませんか? ご一緒にいかがです?」

ミスター・ヴァーミンスターもパイプの葉タバコに火をつけた。この豪奢な居間では喫うのを控えているものの、もともとダウンズに住んでいた頃にはよくパイプをたしなんでいたので、自然と舌も滑らかになった。

老人が言う。「これらの調度品はほとんどわしが売ったんだ。来歴のはっきりしたものばかりだよ。ルパートにはかなり手頃な値段で譲ってやった」

「そういうお仕事をなさっていたんですか?」

「ああ。カーゾンストリートの外れに店を開いてた。恐慌のせいでつぶれたよ」

「それは不運でしたね。それで息子さんは? あなたと同じお仕事を?」

「いや、電気メッキ業をしていた。やはり恐慌でだめになった」

「なるほど。当時はどこもそうでしたね。そんな中ミスター・ボールは恐慌をうまくくぐり抜けたのですね？」

ミスター・ヴァーミンスターは肩をすくめた。

「株だよ」老人が言い捨てた様子には、金融・商業の中心地シティーで成功した人物に対する商売人ならではの皮肉が込められていた。

バーマン警部補が微笑む。「何もかも運頼みというわけではないでしょうが、あなたの気持ちはわかります。ところで、カクテルグラスについてお伺いします。今朝あなたのお嬢さんと息子さんとお会いして確認したところ、周囲に人がいる間ミスター・レッチワースは何も口にしていなかったとわかりました。それに火を消すために外に出た時にも、彼が何も飲んでいなかったのをご存知のはずです」

「確かに」

「携帯用の酒瓶なども渡していませんでしたね？」

「ああ」

「わかりました。ミスター・ボールの証言と合致しています。今回の事案では、死亡者が何かを飲用したのは電話をしている時しかないのです。それがカクテルだった可能性が高いと思われます」

「それはイヴリンから聞いた。ばかばかしい話だ」

「どうしてもそうなるのです。不愉快だとは思いますが事実に変わりはありません」

「ふん」

警部補が続ける。「ところで、トレイからカクテルを取った後、そのグラスをどうしたか覚えてい

「テーブルに置いたな。くだらないゲームをしていたから」

「ああ、そうでしたね。どんなゲームを？」

「子供っぽい遊びだよ。アナグラムをそれぞれの背中にピンで留めて、他の人に文字について尋ね、自分の背中についているのがなんという言葉かを当てる。たわいない暇つぶしだ」

バーマンが微笑む。「年に一度ならいいじゃありませんか。三、四十年前にはあなたもゲームを楽しんだのではないですか。これまでのお話から、マーガレットがカクテルを運んできた時、あなたはテーブルのそばにいたイヴリンと一緒にいたのだと推察します。グラスを取ったあなたは、テーブルにしばらく置いておきましたか？　それは、どのくらいの間でした？」

「四、五分だと思う。それがどうかしたのか？」

バーマン警部補は毅然として言った。「いくつか質問があります。グラスは一一時四五分までそのままでしたね？　なるほど。ミスター・レッチワースはあなたのそばに立っていたはずです。そして彼のグラスも同じテーブルにありました。彼は誰と一緒にいたんです？」

ミスター・ヴァーミンスターは答えた。「誰とも。彼はただ部屋にいたんだよ。妻がそばに座っていたが、あまり相手にされてなかった。彼はイヴリンにのぼせ上がっていたから」

「なのにお孫さんは彼を無視してあなたといたのですね？　あなたが目を離していた五分ほどの間に、ミスター・レッチワースのグラスに触れられる人物はいましたか？」

「いなかったと思うが」

「触れた者はいなかったんですね？」

「ああ」

「それで重要な十五分間のうちの最初の五分がわかりました。その次には何かありましたか？」

「グラスを間違えないようにとメアリーに注意された。年越しのタイミングでグラスが見当たらなくなるのが心配だったらしい」

「それで？」

「イヴリンは自分のグラスがテーブルにあると告げた後、『他に二つあるわ』と言った。ミスター・レッチワースとわしはそれぞれ自分のグラスを持ちあげた」

「レッチワースはその場にいましたか、それともどこかへ？」

老人は言いよどんだ。「どこかへ行った気がするな」

「どちらへ？」

「そんなの気にしてられんよ。わしになんの関係がある？」

今度はバーマンが言いよどんだ。ピアノに寄りかかるのを止めて背筋を伸ばし、パイプをポケットにしまうと、改まった様子でミスター・ヴァーミンスターを見据えた。

「その時あなたはどうしていましたか？」

「わしか？　ああ、少し移動した」

「なんのためにです？」

「なんのためにって、それは――」老人が口ごもる。

「それは？」

「ルパートや孫のジェニファーと話すためだ」

「ミスター・ボールはどこにいました？」

「センターテーブルのそばに」

「あなたはずっとグラスを持っていましたか？」

「ああ」老人は言った。

「一一時五五分に部屋を出た時、グラスはどうしました？」

「テーブルに置いた」

「その時、他のグラスがどこに置いてあったか覚えていますか？」

ミスター・ヴァーミンスターは言った。「ピアノの横を通り過ぎる時、一つあったな。誰が置いたか知らないが」

暖炉脇の椅子にやや緊張の面持ちで座っている老人を尻目に、バーマンは窓辺に近寄り外を眺めたが、景色には目もくれずに情報を整理していた。ややあってピアノのそばに戻ってきた。

「一一時四五分から五五分の間に、ミスター・レッチワースが窓のそばのテーブルから離れたのにあなたは気づきました？」

「ああ、そうだな。確かセンターテーブルに近寄っていた。皆でテーブルを囲む形になった時に彼もいたと思う」

「グラスを持ったままで？」

「さあ、そうは思わんな。そこまで覚えていないが」

「なぜあなた方はセンターテーブルに近寄ったんですか？」

「新しい紙を取るためだよ。ルパートの手引きで、紙をそれぞれの背中にピンで留めた。ルパートは、テーブルの上についたてのような物を用意して、その奥に紙を置いていた。ばかばかしい。そうしないとズルをする人がいると思っている。それがルパートのいけ好かないところだ。それから奴は『蛍の光』に備えて蓄音機のぜんまいを巻き、リチャードにゲームを仕切るよう指示したんだ」

「それであなたの息子さんが？」

「いや。リチャードはその必要はないと言った。実際そうだったよ。皆それぞれ紙を取った」

「テーブルからですか？」

「いや、正確に言うとルパートが本を積み上げて作った砦のようなものに手を突っ込まなきゃならなかった」

「なるほど。すると一一時五五分にミスター・ボールは蓄音機のそばにいたんですね。グラスはどうでした？　持っていましたか？」

「いや。テーブルに置いていた。カクテルをこぼさないように、とわたしたちに注意していたよ」

「おお！　その時点のカクテルグラスの様子がわかりました。他のグラスはどこにありましたか？　あなたともうお一人はピアノに、ミスター・ボールはセンターテーブルに置いたんでしたね。他の人たちは？」

ミスター・ヴァーミンスターはじっと考え込んだ。矢継ぎ早の質問に辟易したのか、滑らかな口ぶりとはいかなかった。「メアリー――わたしの娘、ミセス・ボール――は、窓際のテーブルにグラスを置いていた。火事の知らせが入る少し前だ。その後グラスを移動させたかどうかはわからない」

「グラスは移動しなかったとメアリーさんは言っていました。それに、彼女が部屋を出た時、あなたのご子息のリチャードさんはグラスを手に持っていたと証言しました。そしてお孫さんは――レックスさん、でしたね？——ピアノの上に置いていたそうです。残るのはあなたの奥様とお嫁さんのアーラさん、孫娘のジェニファーさんとイヴリンさんですね」

「そいつらについては、わからんな」

「いまのところお伺いしたいのは以上です、ミスター・ヴァーミンスター。ああ、でももう少しだけ」警部補は最後の質問をした。「一一時四五分から五五分までの間、ミスター・レッチワースは部屋にずっといたんですね？」

「見てなかったと言っただろう」

「ああ、確かにそうでしたね。お疲れ様でした。さて、あなたの奥様にお話を伺いたいのですが、どこにいらっしゃるかご存知ですか？」

・・・・・

ミセス・ヴァーミンスターが彼女の寝室の隣の居間にいるのをバーマン警部補は見つけた。彼女は何をするでもなく窓から外を見ていたが、その視線の先にはただ庭が広がっていた。だが退屈そうには見えない。彼女はもの思いにふけるのが好きなようだ。

警部補は声をかけた。「お邪魔してもいいですか、ミセス・ヴァーミンスター？　お話したいんです」

彼女は驚いた様子で彼を見た。「ごめんですよ、どうして裸足にならなきゃいけないんです？」

警部補は聞き間違いをされていると気づき、声を大きくした。「『話』です。お『話』がしたいんです」

「まあ、どうぞどうぞ」

バーマン警部補ははっきりと話すよう心がけた。「大みそかにマーガレットがカクテルを持ってきた時、窓辺のテーブルの椅子にいらっしゃいましたね」

「いいえ。暖炉のそばにいたのよ」

「そうでしたか？　てっきり――」

「暖炉のそばで孫のレックスと話していたの。カクテルを飲む前にグラスをカチンと鳴らそうって言われたわ」

警部補が彼女をじっと見る。「あなたとレックスはカクテルを飲んだんですか？」

「もちろんよ、飲まないでどうするの？」

「グラスはどうしました？」

「置いてディナーの席に向かいましたよ」

「ああ！」バーマン警部補は安堵の笑い声を上げた。「大みそかにはカクテルが何度か振る舞われたんですね。お訊きしているのは、午後一一時四〇分に配られたカクテルについてです」

「なら、そうおっしゃいな」

思ったほど相手の耳は遠くないと警部補は気づいた。

「その間――午前零時までの二十分間――窓のそばのテーブルにいたんですね？」

「ええ」

「ミスター・レッチワースはあなたのすぐ前にいたはずです。ご主人はイヴリンさんと一緒でしたね？」

「ええ」

「あなたはどのくらいテーブルから離れていましたか？」

「どれくらいって？」

「手を伸ばせばグラスが取れる距離でしたか？」

「さあ。手を伸ばさなかったから」

「テーブルにはいくつグラスがありました？」

ミセス・ヴァーミンスターは想定内の質問だと理解するが、話のほこさきが変わると、とたんに混乱する。そして相手の口の動きを読もうとするのだが、あまりうまくゆかない。

「伸ばせなかったわけではないわ。伸ばさなかっただけよ」

警部補は辛抱強い。「そうでしょうとも。テーブルにはすでにいくつかグラスがあったと思います。いくつでしたか？」

ミセス・ヴァーミンスターは指を折って数え始めた。「三つ。そう、三つだったわ」

「グラスに触った人を見ましたか？」

「片づける時に女中が触ったくらいね」

「その時ミスター・レッチワースはどこにいましたか？　覚えていますか？」

「覚えていないわ。待って、そうだわ。あの青年は暖炉のそばでレックスと話していたわよ」

「彼はグラスをそこに置いていましたか？」

「さあ」

「あなたは部屋を出る時、どこにグラスを置きました？」

「通りがてらマントルピースの上に置いたわよ」ミセス・ヴァーミンスターは答えた。

「グラスは他にもありましたか？」

「気づかなかったわね」

・・・・

午後五時三〇分にシティーから戻ってきたレックスは、玄関ホールでイヴリンと会った。

「これはこれは、わが妹よ！　名探偵の推理はその後どうなっているんだい？」

「バーマン警部補が首を長くして兄さんを待っているわよ。お祖父さんとお祖母さん、それに父さんとメアリー伯母さん、ルパート伯父さんの訊き込みを済ませると、家の中を歩き回って各々の寝室を見ていたわ。それからマーガレットやわたしに薬瓶についてあれこれ質問したかと思うと、キッチンでコックの話を訊いていた。いまのところ、兄さんが謎を解くカギだと警部補は思っているみたい。何をしようとしているのかさっぱりわからないけれど。わたしが訊いてきましょうかって言っても、とにかくきちんと順番に話を訊きますの一点張り。だから兄さんが戻るまで相手をしてあげていたの。すぐにでも会ってけりをつけたほうがいいわ」

「そうか、わかった。本当はバスルームでさっぱりしたいところだが、警察がお呼びとなればお役目を果たさなくちゃな？」

バーマン警部補は居間にいた。レックスは椅子の肘に腰かけて脚を組んでぶらつかせながらタバコケースを差し出した。「いかがです？」

「いまは結構。ところであなたはミスター・レッチワースに親しみを感じていましたか？」

「悪い男ではなかったですよ、少し口がうまいところはありましたけど」

「妹さんは彼に好意を抱いていましたか？」

「そこのところはわかりませんよ。口がうまい男はあまり好みじゃなかったかもしれません」

「他の人は彼をどう思っていました？　たとえばあなたのお父様は？」

レックスは言った。「さあ。父は家族の中でも謎の人物ですから。笑っていたかと思うと――あれ、まさか、父を逮捕するつもりですか。ぼくは警察の人と話すのは慣れていなくて。皆から調書を取って証拠にするんですよね？」

「その通りです。皆さんにいくつも同じ質問をして全容をつかもうとしています。誰かが何か隠していても他の誰かがそれを明らかにしてくれます。つまり、あなたのお父様はダークホースだということです。ミスター・レッチワースを好ましく思っていなかったかもしれませんが、そうだとしても、それを表には出さなかったでしょう」

「そうですね。もっとも父が嫌っていたとは思いません。そもそも動機がありませんよ。ロバートは害のないタイプだった」

「では、ミスター・レッチワースを嫌っていた人はいなかったと思いますか――本気で、という意味ですが？」

「はい」

「わかりました。それでは年越しパーティーに話を移しましょう。ミスター・レッチワースは部屋を横切り、暖炉のそばに行ったと聞いています。あなたはそばにいましたね、彼はグラスをどこに置きましたか？」

「マントルピースの上に置きました。わたしのグラスの横です。そしてお互い質問をしました、ゲーム中だったので」

「それから？」

「質問を続けてクイズの答えがわかった気がしたので、クイズの新しい問題を取りにいきました。少なくとも彼が先にテーブルに取りにいきました。後に続こうとすると彼は戻ってきて問題用紙を手渡してくれました。それから彼はグラスを取ると部屋を横切って、窓辺にいるイヴリンのところへ行きました。わたしと話すのに飽きたんでしょう。もっとも、彼はいつだって取りつかれたような目つきで妹を追いかけていましたから」

「それから火事の連絡があるまで、どのくらい時間がありましたか？」

「ほとんどなかったですよ。すぐでした」

バーマン警部補は言った。「なるほど。これでグラスが配られた時点からの彼のグラスの道筋が辿れました。彼はマーガレットのトレイからカクテルを取り、窓辺のテーブルに置いた。そのテーブルにはあなたのお祖父様とお祖母様、妹さんのグラスも置いてあった。その後、彼はマントルピースにグラスを置き、そこにはあなたのグラスもあった。彼は数分そこにグラスを置いていた。それからグラスを再び取って窓辺にいたあなたの妹さんのそばに行き、その後すぐに部屋から出た。それから彼が何をしたかが問題です。ところで、マントルピースにあなたと彼がいた時、そばに誰がいましたか？」

レックスがじっと考え込む。「誰もいなかったと思います。近寄ってきた人はいませんでした」

「それではあなたがたがセンターテーブルに近づいた時、ミスター・レッチワースのグラスはまだマントルピースにありましたか？」

「そんなのわかりませんよ。そこまで見ていませんでした」レックスは口ごもった。「少なくとも妹はいませんでしたよ、窓辺にいましたから」

「わかりました。ところで、一一時五五分にあなたのグラスはどこにありましたか？」

「ピアノの上です。消火に出る時、ピアノの横を通ったので」

「他のグラスもありましたか？」

「はい、ひとつ。誰のだったかはわかりませんが」

「あなたのお母様はどこに置いたか覚えていますか？」

「いいえ。ああ、そうだ、母はマントルピースに置きましたよ。そのすぐあとにジェニファーも」

「お父様は？　それに妹さんは？」

「それは覚えていませんね」

バーマン警部補は部屋の奥に行ってベルを鳴らした。やってきたマーガレットにイヴリンを呼んでくるよう頼むと、レックスにこう説明した。

「グラスの場所を確認したいんです。まだ確認できていないグラスが三個あります——あなたのお父様、妹さん、そしてミスター・レッチワース。お父様と妹さんの場所がわかれば、おのずと——」

警部補は急に話をやめた。そしてイヴリンが部屋に入ってくると再び口を開いた。「ああ、イヴリンさん、来てくれましたね。大みそかの午後一一時五五分、あなたはカクテルグラスをどこに置きましたか？」

彼女は訝しげに視線を警部補から兄に移し、また警部補に戻した。

「窓辺のテーブルに置きました」

「それだけ確認したかったのです。ご協力に感謝します」

こんな調子ですげなくされるのに慣れていないイヴリンは、兄にふくれっ面をしてみせると、笑みを浮かべて警部補に向き直った。「どうぞゆっくりしていってください」彼女はことさら愛想よく言った。

バーマン警部補はイヴリンが立ち去ってから再びベルを鳴らした。マーガレットが来ると、リチャードに来てもらうよう頼んだ。

レックスはまたタバコに火をつけた。「どういうつもりです？」

警部補は答えずに入り口を見つめて立っていた。ドアを開けてリチャードが入ってくると、イヴリンにしたのと同じ質問をした。

「ああ、グラスはセンターテーブルに置きましたよ」リチャードは言った。

バーマンはわざと驚いた顔をした。「あなたのグラスを？　確かですか？」

「もちろんですとも。なぜです？」

「その後に誰かがグラスを動かしたのではないかと思いまして」

「そんなはずはない。わたしは最後に部屋から出たんだから」

「なるほど」警部補はレックスに話しかけた。「妹さんをもう一度呼んできてくれませんか。あなたとお父様にはこれ以上伺うことはありません」
・・・・・

警部補は居間の見取り図を描いていたが、イヴリンが戻ってくるとメモ帳をポケットにしまい、彼女に微笑みかけた。「さあ、どうぞ腰かけてください。ぞんざいに聞こえたらすみません。余裕がないんですよ。捜査の山場に近づいているので」

「何か見つけたんですか?」

「残念ながら、そうです。どうしてもその結論に至ります。試してみてもいいですか? あなたの反応がわたしと同じだとわかれば助かるんです」

イヴリンは警部補が「残念ながら」と言ったのが気になった。だが警察の人の決まり文句なのだろう。その一方、バーマン警部補は人格者に見えるので、発見した何かのために気を病んでいないとも限らない。彼女は不安を感じながら話の続きを待った。

バーマンは切り出した。「わたしの推理はこうです。カクテルグラス九個は消火活動の間にマーガレットが片づけ、ひとつだけ残った。そのグラスは翌朝、電話のそばで空の状態で見つかった。そこは、零時二〇分にミスター・レッチワースが一人でいた場所だった。マーガレットの話から、翌朝九個のグラスがあったとわかりました。そして九個のグラス——生存している九人のグラス——のあった場所がわかったので、十個目のグラスは必然的にレッチワースのものとなります」

「そう仮定していると思っていました」

警部補は言った。「わたしは『仮定』などしません。議論のために、それに他の発見を導く目的で仮定する場合はありますが、事実と認めるには論証がなくてはいけません。マーガレットの話では、マントルピースに三つ、窓辺のテーブルに二つ、センターテーブルに二つ、ピアノの上に二つグラスがあったそうです。先ほどあなたがここへ戻ってきた時までに、マントルピースのグラスは、あなたのお祖母様とお母様とジェニファーさんのもの、センターテーブルのはミスター・ボールとあなたのお祖父様のもの、窓辺のテーブルにあったうちの一つはミセス・ボールのもの――そしてもう一つはあなたのグラスだったとわかりました。ピアノの上にあったうちの一つはあなたのお兄様のものでした。あなたのお父様とミスター・レッチワースのグラスの置き場所がわからず、誰のものかわからないままのグラスは、ピアノの上の一つです。そこで当然ながらわたしはそのグラスはあなたのお父様のもので、ミスター・レッチワースのグラスが行方不明だと確信しました。ですが五分ほど前にあなたのお父様に訊いたところ、グラスはセンターテーブルに置いたと断言なさった。となると、ミスター・レッチワースのグラスはピアノの上のものに違いありません――そしてセンターテーブルにはグラスが三つあったことになります。ミスター・ボールとあなたのお祖父様、そしてあなたのお父様のものが。そのうちの二つはマーガレットが片づけました。つまりミスター・レッチワースは自分のグラスのカクテルを飲めなかったのです。口がつけられていない状態でピアノの上にあったのですから。そして翌朝に空になっていた十個目のグラスは、センターテーブルにあった三つのうちのひとつをミスター・レッチワースが飲んだものとわかります」

イヴリンの顔は血の気が引いている。「でも、確か十個目のグラスは電話のそばで見つかったんじゃなかったかしら」

「そうです。ですがそこにずっとあったわけではありません。マーガレットが一二時過ぎに見た時にはありませんでした。電話のそばの壁龕に置いてあったグラスは、元々あった場所から何者かが移動させたはずです。そしてその人物はミスター・レッチワースと思われます。

彼が居間に一人でいる時にあったそのグラスには、毒が混入されていたと明らかになりました。毒はもともとミスター・レッチワースのグラスに入っていたのではなく、他の三人のグラスのいずれかに入っていたのです。ミスター・ボールか、あなたのお父様か、もしくはあなたのお祖父様。ミスター・レッチワースのグラスに毒が入れられていたのなら、何者かが彼を毒殺しようと試みたと推理し——捜査を推し進めるところですが、状況からすると、ミスター・レッチワースはたまたま毒を飲んでしまったという結論に至ります」

警部補は言葉を区切ると、立ち上がってイヴリンを見た。椅子に腰かけている彼女が緊張した様子でバーマンを見つめ返す。

警部補は続けた。「付け加えますと、三人のグラスの一つに毒物を混入した何者かは、そのグラスを持っていた人物を殺害するつもりだったのです。ミスター・レッチワースではなく、あなたの伯父様か、お父様か、お祖父様を」

第三章　平静を保つ家族

イヴリンが考え込んだ様子で一階に下りてゆくと、夕食はすでに始まって十分ほどが経っていた。実に気詰まりな食事となった。女中たちが退室するやいなやイヴリンは警部補の推理をできるだけ簡潔に逐一報告した。その間、祖父は怒り、伯父は不満をぶちまけ、そして――何より戸惑うことに――父は黙りこくっていた。話の途中で質問してきた母は、警部補の推理に承服しかねているのが明らかだった。そして祖母はいつものように話を聞き間違い、メアリー伯母は一人一人の顔を順に見てから「まあ」と声を上げた。兄はごくりと息をのんだ。従妹のジェニファーは急に立ち上がったかと思うと、イヴリンの父リチャードを守るように彼の席の後ろに立ったが、父は何も言わなかった。推理について意見が交わされている間も口をつぐんだまま考え込んでいたので、ルパート伯父が父に向き直って話しかけた。「なあリチャード、きみはどう思う?」

「気に入らないですね。実に気に入らない」

ルパートが言う。「同感だよ!　夕食中の話題に最高だ」

メアリーが口を挟む。「どうかしているわ。あなたを殺したがる人などいるもんですか」

「まったくその通り。でもわたしでなければリチャードかお義父さんが狙われたことになる。誰かがリチャードを殺そうとするなんて考えられない」

ミスター・ヴァーミンスターが大声を上げる。「ばかげた話だ。あの刑事は自分で何を言っているかわかっておらん」

この意見には皆が同意した。「バーマン警部補は事件を捜査するには若すぎる」「刑事はすぐ殺人と口にするが、そうすれば昇進するからだ」「あんな青二才に何がわかる?」「まったくもってばかげている」

夕食後に皆がテーブルから立つと、リチャードがこっそり娘に声をかけた。「わたしの部屋に来てくれ。話がある」

父との会話は夕食での捜査の話よりも、さらにイヴリンを混乱させた。父とはあまり仲がよいとはいえず、腹を割って話す機会もほとんどなかったので、呼び出されるのは意外だった。そしてわざわざ部屋に呼んでおいて、本題を切り出さない理由もわからなかった。「ひどい話だな?」とだけ父は言って彼女にタバコを勧めた。ロバート・レッチワースが標的ではなかったのが信じられない、とやんわりと伝え、彼との関係を訊こうとしたのだろう。

そう考えてしまうのも、イヴリンがロバートの死に戸惑っていたからだ。

彼女が二階に上がると、ジェニファーに声をかけられた。「わたしの部屋に来てよ、イヴリン。話があるの」

この家の一人娘のジェニファーには専用の居間がある。大きくはないが、ツイード風の織物でできたカーテンやクッションで実に居心地よく装飾されている。同じ布でカバーがかけられているソファーは、実際には収納ボックスだ。書棚や机、肘掛け椅子も二脚ある。イヴリンに部屋があったら、かなり違う内装にするはずだ。ジェニファーの部屋にあるおびただしい数のモノクロの有名画家の複製を、二つか三つの現代絵画と代えるだろう。窓枠はチョコレート色に塗り、ドアは黒い縁取りをつけた鮮やかなオレンジ色に、カーテンやクッション、ソファーカバーは明るい色味にする。一言で言うなら「暗い穴倉にもっと光を！」といったところか。だがいつも朗らかなジェニファーにとっては暗くはないらしい。ジェニファーは日々の生活に望むのと同様に、周囲の色彩には静かで調和の取れたものを好んでいる。

イヴリンはソファーに座ってクッションを枕にすると、タバコに火をつけた。「タバコを喫えないなんて気の毒ね、ジェニファー、こんな状況の時には役に立つのに」

ジェニファーが微笑む。「もっと強力な助けが欲しいわ。これからどうする？」

「そもそも何か『する』余地があるかしら。ことの成り行きを見守るしかないでしょう」

「何かあるとは思っていないのね？」

「そりゃもちろん、あるとは思っているわ。ディナーの時だって皆口々に話していた。ショックもあるし、訃報を耳にしたってすぐには信じられないもの。誰でもそうよね。でもバーマン警部補は青二才ではないし、彼の主張はもっともよ。わたしはじかに聞いたから、彼は正しいと思う――どうしてか不思議だけど、彼はわかっているんだわ」

「でもねイヴリン、わたしの父を殺したい人なんて、いやしないわ」

「わたしの父を殺したい人もいないわよ。それに祖父もね。祖父は怒りっぽいけど、だからって殺される理由にまではならない。でも警部補の推理に弱点が見つからないの。つまり、彼は正しいのよ」

ジェニファーが切り返す。「それでも信じられない。こんなことが身内で起こるはずはないのに」

「同感だわ。両親やレックスはずっと生きていてくれる気がしていて、誰かが死ぬなんて考えてもいない。想像もできない。でもいつかはそういう日が来るのよね」

「そうね、でも今度のはただ死んだんじゃなくて殺されたのよ――身内の中に犯人がいるなんて信じられないわ」

「大みそかにロバートが毒殺される前にこの話をしていたら、そんなのあり得ないって言ったはず。彼が死ぬなんて信じられなかったでしょうね。あんなに急に、それも毒で。でも事実なのよ」

ジェニファーは押し黙り、視線を部屋の奥に注いでいたが、しばらくして口を開いた。「可能性があると思っているのね?」

「まったくないとは言わないわ。実際、起きたんだもの。気に入らないからって現実から目を背けられない」

イヴリンが次のタバコに火をつけた。しばらくの間二人とも話さなかった。

と、イヴリンが唐突に言った。「ある意味、殺人が起きたと願うくらいよ」

ジェニファーが彼女を見る。「イヴリン、やめて!」

「そうね。自分でもわかってるわ。でも――どこかほっとするの。わたし怖いのよ、ジェニファー。昨日から怖くてたまらないの。だって警部補の話からすると、ロバートを殺した犯人はわたしになるじゃない」

「いやだ、イヴリンったら!」

「もちろん、していないわ。でも警察はそう思っているはずよ。そうなるだろうと思っていた。それがずっと怖かったの。だって、やっていないって証明できないから。ねえジェニファー、もしわたしが犯人だったら――ロバートに毒を盛っていたら――嘘をつきとおす羽目になるでしょ? 彼が自殺するのを目撃したといってもいいのかもしれないけれど、それは危険だわ。彼を止めなかった理由や、すぐ誰かに助けを求めなかった理由を言わなきゃならないもの。それを避けたいなら、彼が何か飲むのは見なかったから、毒を飲んだとしたら電話の時に一人でいた時くらいだろう、と言うしかない。わたしの言おうとしている意味わかる？」

「ええ、でもねイヴリン、あなたがまさか――」

「しようと思えばできたわ。グラスが配られた時、ロバートのグラスは窓辺のテーブルの上で、わたしのグラスと並んで置いてあった。彼のグラスに何かを入れるのなんて簡単だったわ。火事が起きなかったら、そのまま彼は年越しの時に飲んだかもしれない」

「そうね、でも火事があった」

「そう。皆が部屋から出ていった時、彼が後で飲むだろうと思ってロバートのグラスをわたしが別のところに隠しておいたかもしれないじゃない。マーガレットが見落とすような場所に。ロバートと居間に戻った時、わたしがグラスを出して彼に渡したかもしれないわ。消火活動で体が冷えていた彼は一気飲みしたかもしれない。その後、彼に隠れて自分の指紋を拭いて、彼が座っていた電話の近くにグラスを置くこともできた。そして室内で何があったか訊かれた時には――無難な話だけをしたかもしれない」

「イヴリン、そんなのばかげているわ。なんのためにそんな？　あの警部補はあなたが犯人だなんて思ってないわよ」

「そうかしら。わたしはただ疑われないか怖いのよ。父さんが――そう思っているわ」

「リチャード叔父さんが？　そう言われたの？」

「いまはほのめかしているだけよ、辛い質問にわたしが答えたんだろうって。警部補がいまにも戻ってくると父は思っているわ」

「何を言っているの」ジェニファーがなだめる。「あなたはロバートに本気じゃなかったんでしょ、なのにわざわざ毒を盛る必要がある？」

「そりゃあるわよ」イヴリンは笑みを浮かべて言ったが、その眼差しは頑なだった。「彼がわたしを疎ましく感じていたと思われるかもしれない。わたしが——正式に——結婚してくれって頼んだけど、ロバートにはその気がなかったから、あらかじめ用意していた毒を飲ませた。あり得るでしょ？」

ジェニファーは急に立ち上がった。

「どうかしてる。それに芝居じみてるわ。なんでそんなシナリオを作り上げてるのかさっぱりわからない。そんなストーリー、誰にも当てはまるもんですか。リチャード叔父さんが狙われた可能性というのは別として。刑事さんから聞いた話では狙われていたのはロバートじゃなかったって、さっき言ってたじゃない」

イヴリンが応える。「ええ、そうよ。そうカッカしないで。わかってもらえたと思うけど、そのシナリオがばかげていようといまいと、わたしにはなす術がないから困っているの。自分の無実を証明できないのよ？　だからこんな調子なの——他の案が浮かべばいいんだけど。それもひどい代物で、もっとずっと悲惨かもしれない。ただ——わかるでしょ、ジェニファー？」

ジェニファーは思いやり深い微笑みを見せた。「もちろんよ、イヴリン。でも事件に振り回される必要はないわ。わたしたちに証明できないことは山ほどある——いまのところそこまで深読みして訊いてくる人はいないけど。そりゃそうよね、あまりにも極端だもの」

・・・・・

ミスター・ヴァーミンスターはビリヤードルームにいた。ビリヤードをしているわけでも何をしているわけでもなく、精神の安定が必要とされる時にはいつでも逃れ場としてこの部屋を利用しているのだ。ビリヤードのキューを長さ順に並べ変えたり、得点ボードの針を正確に戻したり、台の上でボールを所在なく転がしたりする。そんなたわいないことをしていると心がほぐれていくのだった。

スラックスのポケットに両手をつっこみ、壁に飾られたスポーツの版画をぼんやり眺めていると、娘と夫を探していたアースラがドアを開けて顔を覗かせた。

「あら、お義父さん」彼女は大きな声で言った。「リチャードやイヴリンを見ませんでしたか？　居場所がわからないものですから」

「見当もつかんな」老人は壁を向いたまま言った。一人にしておいてくれ、と示しているつもりだったが、細かいニュアンスに気づかないアースラは、部屋に入ってくると壁の前に来た。義父ほど版画に興味はないものの、漫然とではあるがとりあえず目を向けてから、気がかりな点を言葉にした。

「イヴリンが何を言っていたのか教えてくれませんか？」アースラが懇願する。

ミスター・ヴァーミンスターは視線を版画から嫁に移した。彼自身は長身だが腹がぽっこりと出た締まりのない体つきで、トウモロコシ袋と孫娘たちに陰で揶揄されるくらいだが、アースラは、立派に成人した子供が二人もいるとは思えないほど引き締まった体型を維持している。

「何のことはない、単純な話だ。あのいけすかない刑事は殺人事件だと思っている、と言っていたよ」

「でもほら、殺されたのはミスター・レッチワースなのに、誰かの身代わりになったんだ、ってイヴリンはほのめかしていたでしょう。犯人はリチャードを殺そうとしている、とわたしには聞こえました。正気とは思えませんでしたわ！」

「そりゃそうさ。誰も思っておらん。考えすぎるな、アースラ。それでなくてもこの家にはあらぬことを口にする連中ばかりいるんだから。それにイヴリンは殺そうと『している』と言ったんじゃなくて、殺そうと『していた』と言ったんだ。あの刑事の話では——実にばかげているが——あの若僧は誤って別の人のカクテルを飲んだ可能性があるらしい」

「まあ、でもリチャードの名が出たんだと思います」

「リチャードかルパートかわしか。犯人はリチャードに、というより、三人のうちの誰かに毒を盛るつもりだったのだろう。わたしを狙っていたとも考えられる。ルパートだったかもしれない。だがそれは神のみぞ知る、だ」

「でもひどいわ。考えられない。誰がリチャードを殺したがるもんですか」

「犯人がわしの命を狙っていた理由を知ったらそれこそ驚くがな。まったくひどい話だよ、アースラ。何者かが飲み物に毒を盛ろうとしたなんて。とにかく、わしにはとても耐えられない。今後何が起こるか見当もつかん」

「わたしには見当がつきますよ」

ミスター・ヴァーミンスターとアースラをぎょっとさせた声の主は、ルパートだった。彼女たちの背後の入り口から静かに入ってきていたのだ。

ルパートは言った。「これからどうなるかというとですね、あの刑事が令状を手にやってきて、わたしたちの誰かを逮捕するんです」

「刑事さんが？　まさか！」アースラが驚く。

「まさか？　あの刑事はこの家を、互いに殺し合うのを入念に計画している悪の巣窟だと思っているんだ。どうしてだかわからないが、とにかくそれが刑事の考えで、まがりなりにもロンドン警視庁の一員なんだから発言は絶対だ。わたしにしてみれば、あの刑事のさじ加減一つでわが家はめちゃくちゃになり、財産は没収され平穏な日々は終わる。でも誰も止められない」

「けしからん」にわかに老人が怒りの度を増す。「けしからんにもほどがある」

ルパートが続ける。「刑事がずっとあの調子なら、うちの弁護士に相談しますよ。あらゆるケースに備えたいんでね。ロンドン警視庁へ出向いて抗議するかもしれないな」

アースラは言った。「まあ、それがいいわね。そうすれば刑事さんはリチャードについて余計な話をしないでしょうし」

「いまはなんて言っているんだい？」

「誰かが彼を殺そうとしている、って。少なくともわたしにはそう――」

ルパートが口を挟む。「つまり、あの刑事はうちの誰かが人を殺すつもりだったと言ってるんだ。それが納得できない。他のことはどうでもいいが何者かに殺されかけたなんて、納得できないでしょう、お義父さん？　もし連中の思うままなら――」

「納得がいくものか」ミスター・ヴァーミンスターは言った。「まったく――気に入らん」

ルパートが切り返す。「他の点は気に入るも何もありませんが。警察が誰かを捕まえるまで待つんですかね」

アースラは気の毒そうに義兄から義父へ目を移した。「でも誰もリチャードが――」

ルパートが割り込む。「いまはまだ、彼には火の粉がかかっていない」

アースラの声が大きくなる。「ああ、ありがたいわ。てっきりお義兄さんが――そうだわ、リチャードを探していたんだった」そして怯えた表情でそそくさと部屋を後にした。

部屋に残されたルパートは、しばらく義父を見ていた。ミスター・ヴァーミンスターは壁にかかったスポーツの版画に再び目を戻したが、ポケットの中の指は引きつっていた。

ようやくルパートが言った。「静観するのが重要ですよ。後々どうなりますかね、ファッター。加害者かそれとも被害者か？」

ミスター・ヴァーミンスターはポケットから手を出して握りしめた。「ばかを言うんじゃない」

だがルパートは続けた。「バーマン警部補によれば、お義父さんが被害者だった可能性も三分の一あるそうですよ。つまり助かって喜ぶべきじゃないですか」

義父が噛みつく。「きみは面白がっているが、大きな間違いだぞ」

ルパートは立ち去ろうとするかのように交差させていた脚をほどいた。「そうおっしゃいますが、この件についてはいくら話しても無駄ですよ。それでもお義父さんのお力にはなりたいと思いますがね。あの警部補からお咎めなしになるように。そうすれば事態の深刻さがわかるでしょうから」

「言われんでもわかっておる」

「それでしたら結構です。お義父さんが本気にしていないと思ったものですから。これは真面目な――深刻な話です。誰かがわたしを殺そうとしているなんて考えるだけでぞっとしませんが、それはないと確信しています。ですが家に毒を持ち込まれていたと思うとたまりません。ひどい話です」

「なあ、ルパート」唐突に、だがいくらか親しげにミスター・ヴァーミンスターが言う。「カクテルに何か混ざっていたとはこれっぽっちも思わんのかね？」

「わたしは毒など入れませんでしたし、誰かが入れたとも思えません。すべてがくだらないと思いますが、思うだけで何にもなりません。あの警部補は信念で突き進んでいますから、殺人犯を絞首刑に処するつもりなら、誰かがそうなる可能性があります」

ミスター・ヴァーミンスターは不安そうに足を動かした。「そんな言い方は感心せんな。気に入らんよ。殺人だの絞首刑だの——確かに未来あるミスター・レッチワースは不幸な目に遭ったが、だからといって——なあ、ルパート。あの刑事が間違っていたらわかるはずだろう？」

「さあどうだか。刑事が疑わしい状況を見つけられるかどうかによりますね。お義父さんの態度には敬服しますよ、決して慌てないでしょうから。狙われていたのがわたしだったとあの刑事が見なしたら、最近お義父さんがわたしにしたような話を、誰かしらがすぐ刑事に吹き込むはずです。そうなると、事態は収まりそうにありません。もっともわたしは気にしてなどいませんよ。だってお義父さんのことはよくわかっていますから。でもあの刑事の耳に入ったら話は違ってくるんじゃないですか？」

ミスター・ヴァーミンスターは目を充血させ顔を真っ赤にして拳を強く握りしめると、娘婿を睨んだ。だがルパートは気にしない素振りで喫っている葉巻に目線を落とし、ビリヤード台の角まで行った。

ルパートが話を続ける。「わたしは心配などしていませんよ。バーマン警部補はばかかもしれませんが、わたしの命を救えないほど愚かだとは思いません。それにお義父さんは他に殺したい人なんていないでしょう？」
・・・・
夫と娘がなかなか見つからず不安な心持ちでアースラが居間に入ると、メアリーがミセス・ヴァーミンスターに警察の捜査について必死で説明しているところだった。

「アースラ、いいところに」メアリーは叫んだ。「どうか手伝って。お母さんに事件を説明できないのよ。もともと耳が遠いところに加えて全然聞こうとしてくれないから埒《らち》が明かなくて。そもそも説明しにくい話でしょう。わたしがちゃんと理解していないせいね、きっと。あなたはどう？　あの刑事さんは本当に殺人だと――犯人が本当はミスター・レッチワースじゃなくて別の誰かを殺そうとしたと思っているのかしら？　それともそう思わせておいて、わたしたちの反応を見ているの？　警察ってそうやって捜査するのかしら？」

アースラが答える。「まあ、メアリー、それこそあなたに訊きたかったのよ。刑事はそのつもりだって、いまさっきお義兄さんは言っていたけど、本当かしら」

「自分から刑事さんに会いにいこうかと思っているくらいよ。あり得ないって説得できると思うの。だってわたしたちは家族だし――みんな仲がいいんだから」

無関心な様子で娘や嫁の顔を見ていたミセス・ヴァーミンスターだったが、にわかに話が聞き取れたようだ。彼女が日頃たわいない事柄にぼんやりとしているのは、嘘やごまかしを聞き流しているからだ。内容を十分把握してから、あからさまに発言するのだ。

果たしてミセス・ヴァーミンスターは言った。「ばかばかしい。わたしたちは仲よしじゃないわ。

憎み合ってるじゃない、すぐにでも殺し合いをするくらいに。わかっているくせに」

「あらまあ」アースラが当惑する。

「お母さん、そんな」メアリーが叫ぶ。

「そんなって何かしら？　嘘を言っているとでも？　いいでしょう？　アーサーが喜んでルパートを殺すだろうって知ってるくせに。わたしもときどきそんな気持ちになるわ。イヴリンやレックスだってきっとそう。あなたもそうでしょ、アースラ」

「そんなまさか」アースラが慌てる。「何をおっしゃるんです」

ミセス・ヴァーミンスターはすっかり興に乗って勢いが止まらない。「いいえ、そう思ってるはずよ。見ていてわかるわ。いつも面倒を引き起こすルパートが嫌いでしょう。自分でもわかってるくせに」

アースラはひどく動揺している。「確かに癪に障る時もありますよ。でもむきになったらますます空気が悪くなると思って、気にしないようにしているんです。だってお義兄さんは親切ですもの。わたし——本当に好人物だと思っています。みんなをこうして養ってくれて。ルパートにしてみれば家にこんなに多く人がいるといらいらするでしょうけど、本当によくしてくれているわ。ねえメアリー？」

「なんですって？」ミセス・ヴァーミンスターが言う。「よく聞こえなかったわ」

「よくしてくれてる」アースラが繰り返す。「お義兄さんはよくしてくれてるって言ったんです」

「そりゃそうよ。ルパートはアーサーやレックスを喜んで始末するでしょうよ。わたしたちがルパートを嫌いなように、ルパートもわたしたちが嫌いでしょうから」

アースラが呆然とする。「お義兄さんにそんな真似ができるなんて言ってません」

「なら、どういう意味なの?」ミセス・ヴァーミンスターが切り返す。「リチャードね? もちろんだわ。息子のことはよく見ているの。一昨日の夜、ずいぶん怒っていたわ、ルパートがあなたをからかっていたと思って。わざわざそう言いにきたのよ――ご丁寧にも――あたしがよく聞き取れないんで腹を立ててたけど」

メアリーが口を開く。「お母さん、いい加減にして。いまはやめて」

「いいじゃない?」ミセス・ヴァーミンスターが開き直る。「本当の話なんだから。わかってるくせに。あなただってルパートが嫌な時があるでしょう。あるはずよ。首を振って見せてもだめ」

「まるでわかっていないわ、お母さん。特にいまはそんなことを口にしてはいけませんよ、だって――ほら、ロバートの死因を調べに来た、あの刑事さんが、大みそかの日に何者かが殺人を企んでいたと考えているんですから。狙いはロバートじゃなくて。刑事さんは犯人が誰かを殺そうとして毒を混入させたカクテルを、間違って彼が飲んでしまったと推理しているのよ。毒を盛った犯人がわたしたちの中にいて、父さんかルパートかリチャードを狙っていたと思っているの。わかりますか?」

ミセス・ヴァーミンスターはひどく困惑した様子だ。「何が何だかわからないわ。誰かがアーサーを殺そうとしたというの?」

「さもなければリチャードかお義兄さんを」アースラが言う。「狙われたのが誰かはわかっていないんです」

勇んでいたミセス・ヴァーミンスターの聴覚も今度ばかりは衰えた。「そう言われても頭に入らないわ。紙に書いてちょうだい、メアリー。よく考えなくちゃいけないから」

メアリーが紙の切れ端に鉛筆で説明を書き始めると、母親は身を乗り出して熱心に文字を追った。

・・・・

ジェニファーの部屋を出たイヴリンが一階のホールに下りると、兄がゴルフのパターでイメージトレーニングをしていた。

「やあイヴリン。ここにいたら会えると思ってたよ。少し話さないか。いつもの場所でどうだい?」

兄妹には自分たちの居間がなかったので、内々の話をする時には、詮索好きな女性家庭教師が子供部屋にでんと構えていておしゃべりができなかった頃からの習慣をやむを得ず続けていた。日中、邪魔されずに話せる場所、それはバスルームだ。おあつらえ向きに内側から鍵がかけられる。レックスはバスタブの縁に座り、イヴリンは洗面台に両手をかけて体を後ろに反らせて寄りかかる。頭が鏡に触れそうだ。

「あまり体重をかけると洗面台が壊れるぞ。ぼくたちの家にあったのとは違うんだ。ルパート伯父さんはきっと安値で買って自分で取りつけたと思う——そんな感じに見えるから。その戸棚のほうがまだ安全だと思うよ」

「この家では誰も安全じゃないと思うわ。兄さんはどう思う?」

「さあね。バーマン警部補はまともで頭が切れる奴のようだ。確信がなければあんな推理を展開するわけがない」

「同感よ。それにとても説得力がある。あの刑事さんと話していると全部信じてしまうわ。本当だったら一番いいけれど——そうすれば捜査の様子がわかるから。でも父さんははったりだと思っている。

初めの推理から変わってしまって理解できないって言ってたわ」

「ぼくたちがみんな警察の管理下に置かれているのは悪い気分ではないな。少し眉唾ではあるけど。警察に捜査状況を尋ねても、鼻であしらわれると思っていた。なのにあの警部補はひっきりなしに報告してくれているように見える。捜査過程を明かせば、ボロを出すと思っているのかもしれない。口を割らせるために、そしていざという時に重要な事柄を出せるように、警部補は対応してくれているのさ」

「そんなところだとは思うけど。全面的には信用できないわ。あの刑事の推理をわたしたちは認めるしかないんだもの」

「そう、そこだよ。他の推理はさしあたりのものになってしまう。そこに重要なものはないと思う。ぼくとしては、警部補は正しいと思う——でも信用するまではいかない。もちろん、三人のうちの誰が狙われていたかについては関心がある。父さんだとは思わないだろ?」

イヴリンが答える。「ええ、違うと思う。狙われるもんですか!」

「そうさ。狙われる要素がなさすぎる。それに故買屋のお祖父さんを殺したがるのなんてルパート伯父さんくらいしかいない。それはまあ、あり得る」

「そうかしら。そうは思えないけど。第一にルパート伯父さんはいばっていて実は臆病だから（「いばる奴は決まって臆病者だ」ということわざがある）危険を冒さないわ——少なくともある人物が気にくわないというくらいの動機では。第二に、お祖父さんも狙われているかもしれないと知った時、やけに面白がっていたわ。第三に——そうよね?——お祖父さんにうんざりしているなら、何も命を奪う必要はない——放り出せばいいんだから」

「となると、誰かがルパート伯父さんの命を狙ったに違いない。勘違いするなよ、おれじゃない。そうなればいいなとは思うが、あいにく違う」

イヴリンは複雑な面持ちで笑った。「わたしでもないわ。兄さんに同感だけど何もしていない。でも真面目な話、誰が伯父さんに消えてほしいと思ってるのかしら」

「全員だよ。誰でもさ。当然だろう」

「やだ、真面目な話よ兄さん。この家ではわたしたち以外のみんなはルパート伯父さんに頼って暮らしてる。だから命を奪うというのは割に合わないんじゃない?」

「実際にはあり得るな。口にするだけで訴えられそうだが、そうだと思う。実際には伯父さんに頼っているんじゃなくて、伯母さんを頼りに伯父さんのお金で暮らしているんだから、いなくなっても問題ないさ。遺産を伯母さんに遺してくれれば。たぶんそうしてくれると思うし。そうすれば、うんざりする伯父さんなしで皆いままで通りに暮らせるわけだ」

「でも伯父さんのお給料なしじゃ、たいしたお金にならないでしょ」

「まあね、でも生活には困らないと思うよ。伯父さんは貯めこんでるだろうから。今朝、通勤電車の中で考えたんだけどさ、犯人より先に思いついてたら、おれが危険を冒していたかもな」

「そんなこと言うもんじゃないわ、兄さん。特にいまは」

「バスルームでなら平気さ。子供の頃から特別な場所だから。でも一歩外に出たら言わないよ」

第四章　カクテルグラス

チェビオット・バーマン警部補が再び屋敷に来たのは夕食後だった。玄関ホールのコート掛けに帽子とコート、マフラーを掛け終わると、そばで控えていたマーガレットが声をかけた。「ミスター・ボールに御用ですか？」

バーマン警部補は振り返ると女中に微笑みかけた。「そうですね、まずはあなたから話を訊きましょう」

マーガレットが微笑み返すとえくぼが見えた。容姿に恵まれている彼女は、勤務場所と制服に合わせて仕事中は引き締まった表情を崩さない。ミスター・ボールの友人から褒められたら頬を緩めるかもしれないが、警官となると話が違う。だが厳密にはバーマンは警官ではなく、ロンドン警視庁の警部補なので、つい微笑んでえくぼを見せた。女中仲間のグラディスの彼氏は警官だが、地元警察の巡査だ。階級が上であるほど懐が暖かいだろうから、マーガレットにとっては階級のほうが警官の制服の魅力に勝ると言えた。

バーマン警部補が言う。

「どうか肩肘張らずに。数分話を訊けると嬉しいんですが。コックのミセス・バーンズに頼んで、彼女の部屋を使わせてもらえませんかね？」

マーガレットは訝しげな表情をした。コックは夕食が終わるとラジオを聞きながらくつろぐので、邪魔されるのを嫌がるだろう。ミセス・バーンズは感情を表に出すタイプだ。

「頼んでみるくらいはいいでしょう」バーマン警部補が明るく促す。「わたしがミセス・バーンズを説き伏せますから」

マーガレットはわかったと返事をする代わりに微笑んでみせた。コックの部屋がキッチンからもっと離れた人目に付かない場所ならよいのに、と思った。「モーニングルームにはどなたもいらっしゃらないと思いますが」

「そうですか、ならそこにしましょう。でもまずはミセス・バーンズに敬意を払いましょうか。熟練したコックさんのご機嫌を取ったほうがよさそうです」

ミセス・バーンズは絵本に出てくるようなコックだ。ぷっくりとしたお腹、ふわふわした金色の髪、頬はバラ色。これ棒を持たせたら右に出る者はいない。

「こんばんは、ミセス・バーンズ」バーマン警部補が声をかける。「ティータイムにいただいたケーキは絶品でした」

「そうでしょうとも。でも今夜はもう残っていませんよ。さあ座って。亡くなった青年について聞かせてください。気の毒にねえ。こうしてお客様が来るのは嬉しいんですよ。今日はろくな一日じゃありませんでしたから」

「できたら、しばらく経ってからまた来てもいいですか。少し考えを整理したいので。それからあなたに話を訊きたい。頼りにしていますよ。でもまずはマーガレットと少し話すつもりです。モーニングルームで待っているんです。彼女もしばらくは手が空いていますよね？」

「女中があの部屋にいるもんじゃありません、マーガレットだってわかってるはずなのに。でも刑事さんが一緒なら別ですね。他の女中にも話を訊きたいなら呼び鈴を鳴らしてください」

バーマン警部補が部屋へ行くと、マーガレットは少し戸惑っているようだった。メイド姿の自分がこの部屋に似つかわしいのか、そして自分の記憶がこの身だしなみの整ったハンサムな青年に受け入れられるのか、自信がなさそうだ。

警部補が話しかける。「この肘掛け椅子にかけてください。あなたのお仕事は日中が大半なんですよね？　規則正しい生活ができてうらやましい。わたしの勤務は夜中までかかりますから」

「お休みはないんですか？」勤務の終わりを示すようにエプロンを外しながらマーガレットが尋ねた。

「日曜の夜もお仕事？」

「それも多いです。働き詰めとは感じませんよ、大規模な捜査となると話は別ですが。時間がかかるのが当然ですから仕方ありません。でも事件がない時には夜な夜な外へ繰り出しますよ。ダンスをたしなんでいましてね。あなたは？」

「踊るのは大好きです」エプロンに続いて頭のキャップを外してマーガレットが言った。「〈クマと茂み〉亭は毎週木曜日にダンスパーティーを開催しているのよ」

「そうですか、この事案が木曜日までに解決したら――いや、それは難しいですね。かなり入り組んでいますから。さて、この家の人たちはどんな様子か教えてくれませんか？　今夜の夕食の時など、かなり興奮していたのでは？」

メイド姿のままだったら、ご主人様の様子を話す立場にないとマーガレットもわかっていたはずだったが、キャップもエプロンもいまは外してしまっている。「かなりにぎやかでしたが何を話してたかはわかりませんでした。給仕をしている時には皆口をつぐんでいましたし。でも様子からすると——まるで月曜日の朝、請求書を郵送するのに忙しい時のようでした。ずっと元気がないわけではなくて。もっともレックス様や、ときおりイヴリン様も沈んでいましたけど。どういうことなんです？　あのカクテルグラスが問題なんですか？」

「そんなところです。そういえば、昨日の午後にカーシュー警視と話した時、いつものあなたらしくなかったのではないですか？　発言がすべて記録されるので怯えたのかな。警視によると動揺していたそうですね」

「はい、少し。警察の方にではなくて、そこにイヴリン様がいたのですが、素知らぬふりをしていらしたので」女中は急に口をつぐみ、かすかに当惑の色を見せた。

「言いふらされるかもしれない、と？」

「そうかなって。それに何か起きたらご主人様が手に負えなくなります」

「なるほど、確かに厄介そうですね」警部補は解決の糸口を求めて手探りで進んでいるような気がした。「ミスター・ボールはひどく気にかけていたようでしたか？」

「それはもう！　部屋に呼ばれてお叱りを受けたでしょう。お仕えしている時ですから何とか我慢しますし、めったにありませんけど。あのカクテルグラスは高価だから、ご主人様はひどくお怒りになったでしょう。だから内緒にしておいたほうがいいと思いました。あの上等なカクテルグラスのセットは年に一度か二度しか使われず、それもセットの十個をすべて使用したことはなかったはずです。だから隠していれば、あと半年は使わないので見つからないと思いました。また使う時になったらそれはそれで、何か名案が浮かぶかもしれない、と」

「そういうわけだったんですね」バーマン警部補の言葉には真意がこもっていたが、表向きにはただの相槌に聞こえた。

「コックから聞きませんでしたか？　全部わたしのせいにしてないといいんですけど。グラスをテーブルに置こうとした時、コックがわたしとテーブルの間をすり抜けようとしたんです。グラスをしっかり持っていなかったんだと思います。ミセス・バーンズがあれほど太っていなかったらよかったのに」

「なるほど。そのせいで少し欠けたんですね？」

「グラスの修復なんてできますか、刑事さん？」

「あいにく不得手で。でもあなたにも無理でしょう。さぞお困りだったでしょう？　何とか乗り切ったんですね」

「運がよかったんですよ。別のグラス――埋め合わせのために古いセットから出したもの――はデザインが違うので、カクテルをご主人様にお渡しする時にそのグラスがトレイにあると、気づかれてしまうと思いました。それで前の列の中央にそれを置いたんです。そうすればご主人様ではない方がグラスを取ると思って。まずはお客様のミスター・レッチワースのところへ行きましたが、端のグラスをお取りになりました。次にジェニファー様のところへ行きました、というのも、物事に細かい方ではないからです。お嬢様も例のグラスはお取りにならず、トレイにまだありました。その時、部屋にいた人たちはペアになってゲームをしていたんです。わたしがトレイを差し出すと皆さん手近の端のグラスをお取りになりました。それが自然なんでしょうけれど、うまくいかないものだと思いました」

「それは大変でしたね」

「どうしようかと思いましたよ。セットのグラスと別のグラス二つだけ残って、まだお取りになっていなかったのがご主人様と奥様だった時には特に。まず奥様にトレイを差し出して――」

「ドキドキしながら」警部補が口を挟む。

マーガレットが屈託のない笑みを浮かべる。「そう、その通りです。奥様がセットのグラスを取って別のグラスだけがトレイに残った時、ご主人様に気づかれて、皆さんの前でお叱りを受けると思いました。そこでしばらく部屋の中を歩いて、それぞれご自分のグラスがあるのを確認してから、タイミングを見計らってご主人様のところへ行きました。ちょうどイヴリン様の背中にピンをつけようとしているところでした――ドレスの背中が開いていたので、紙をピンで留めるのが難しかったようです。わたしはご主人様の後ろに立って――わざとですよ――『カクテルでございます。置いておきますか?』と声をかけたんです。『ああ』と言ってもらえると期待して。そうすれば気づかれる前に部屋から出られるので」

「うまくいきましたか?」

「ええ、それはもう。ご主人様は悪態をつきながら――ピンのせいです――前を向いたままで、こうおっしゃいました。『ああ、テーブルの本の山の中に置いてくれ。そうすればこぼれないから』それでグラスを置いて、幸運に感謝しながら部屋を出ました」

「確かに幸運の持ち主のようですね。仕事を手伝ってほしいくらいだ。そういえば木曜日にダンスパーティーがあるんでしたね?」

彼の微笑みは魅力的で言葉よりはるかに効果があった。マーガレットが微笑み返す。「もちろんですとも。午後八時開始で、夜会服着用ですよ」

「覚えておきます。さて引き続き仕事です。すみませんがグラディスを呼んできてもらえますか？ 彼女に訊きたいことがあるんです」

・・・・

部屋に来たグラディスは、男性にだけ見せる微笑みをたたえていた。バーマン警部補はすぐに切り出した。「あなたは確か昨日、事件の翌日の朝に見つけたグラスについて警視に話しましたね？」

「ええ」

「何かお気づきの点は——何か言い忘れてはいませんか？」

「特にありません」

「大みそかの時に一番上等なグラスを使わなかったのを不思議に思いませんでしたか？」

グラディスが言う。「それは気づいていました。マーガレットが一個隠したのを聞いていましたから、申し合わせて彼女に協力しました。ジャネットとわたしで」

「なるほど。ご親切にどうも。あなたが居間にあるグラスを見た時、それは別のグラスでしたか？」

「はい、たぶん。キッチンであのグラスについて皆に話しました」

「ありがとうございます」バーマン警部補が言う。「すみませんが、またマーガレットを呼んできてもらえますか？」

・・・・

「ひとつ確認したい点があります」しばらくしてマーガレットが部屋に戻ってくると、警部補は尋ねた。「つい先ほど、ミスター・ボールにカクテルを持っていった時、本の山の中に置くよう頼まれたと言っていましたね。それは確かですか?」

「ええ、もちろんです」

「なるほど。それでは夜遅くにグラスを片づける時、セットではないほうのグラスを見かけましたか?」

彼女は驚いた表情を見せた。「そういえば、気づきませんでした。ほら、急いで片づけたもので。消火の様子を見ていて——結構、慌てていましたよ。火が屋敷に近づいてましたから——グラスを片づけにいった時は、火事が気になり、すぐ玄関ホールに戻りたかったんです。だから覚えていないんだと思います。目についたものをトレイに載せて急いで片づけました」

「じゃあ、別のグラスを片づけなかったとは思っていないんですね?」

マーガレットが答える。「ええ。いつも通りにしようと思っていましたから、慌ててはいましたけど、グラスを全部トレイに載せてキッチンへ急ぎました。だから数までは気にしていなかったんです」

・・・・・

捜査の重要な局面では時間を取られるものだ。警部補はキッチンへ行き、グラディスとコックからさらに少し話を訊いた。捜査対象者とは極力友好的な関係を保つのをモットーとしている。初めの五分間をおざなりにすると、後で一時間——一か月——余計に時間がかかるかもしれない。使用人は特に注意だ。仕事柄、気が回るがあまり意識はしてはいない。冗談交じりの会話で打ち解けると、抑えていたものが取れて無意識に把握していたことを話してくれる。というわけで、バーマン警部補はコックと十五分ほどＢＢＣ放送に欠けている点について大いにおしゃべりした後に、仕事に戻る旨を告げてキッチンを辞した。パントリーの入り口にマーガレットの姿を見つけると、彼は微笑みながら廊下でダンスのステップを踏んでみせてから話しかけた。

「残念ですがいまは仕事が山積みなので、ダンスはお預けです。ところで、ミスター・ボールはどこにいるか知っていますか？」

「探してきますね」そう言って立ち去ったマーガレットは三分後に戻ってくると、警部補をルパートの書斎に案内した。

ミスター・ボールがひどくもの思いに沈んでいたので、人前の態度だけで人は判断できないものだ、と警部補は思った。だがふだんは気性が激しいところからすると、ミスター・ボールは子羊のような人物なのかもしれない。公衆の面前では騒ぎ立て――実際、彼には手に負えないところがある――本能的に――一人でも観客がいると、できるだけ厄介者に見えるよう振る舞う。

書斎に入るや否やそういった結論に達したバーマン警部補は、書類をデスクに置いたルパートから繊細な表情が消えたのを見ても、睨まれて前触れなしにこう言われても驚かなかった。「姪から聞きましたが妙な推理をしているそうじゃないですか」

警部補は陽気に微笑んだ。「二つほどありましてね。どちらです？」

「犯人が誤ってロバートを殺したというばかげた推理ですよ。まったく、どういうつもりです？　警察の言い分はわかっています」バーマンが口を挟もうとしてもルパートは続けた。「確かに論理的です。だがどんなばかでもその論理がおかしいとわかります。あなたはそうやって白を黒と言いくるめるが、それが間違っているのを皆が知っているんですよ。捜査の始まりから何か見落としているのが明らかです。単純な何かを。それがわからないんですか？　姪によると、何者かが義弟か義父かわたしを殺そうとしたという推理だそうですね！　あきれた話だ！　もっとも、まともな人間なら義父の息の根を止めたいと思うのも当然ですよ。実に厄介な爺さんです。あくまでも冗談ですよ、気に入らない相手をいちいち殺しはしませんから。あなたがいったん立ち止まり、刑事としてじゃなく、少しでも道理をわきまえた人間として考えたらわかるはずです。癪に障るからといって命を奪っていたら、皆死に絶えてしまう。ロバートの死因は単に過失なのだと考えるのが一番しっくりきませんか。ヒ素が含まれた薬をもともと服用していて、たまたま飲みすぎたのかもしれない。薬剤師がヒ素を多く調合した可能性もある。でも警察はそうは考えないんでしょうね。一般人を相手に根も葉もない話をでっちあげるんですから。薬剤師の助手あたりが間違えたと考えたほうが、あなたの推理より、よっぽどわかりやすいのに」

「その案も考慮していますよ、ミスター・ボール。ミスター・レッチワースが午後一一時三〇分から一二時四五分の間に薬を飲んだのを見ましたか？　コップを使わず薬瓶から直接飲んでいたとしても、すぐに目に留まったはずですが」

「いや、ロバートを見かけなかったので。だからといって何も変わりません。それに、彼は一人で電話をかけていた時に居間で薬を飲んだのかもしれない。あなたがご執心のカクテルグラスに注いだ可能性もあります。ヒ素を含む薬の苦さがマティーニで緩和されると思って」

「ヒ素は無味ですから、苦くもまずくもありません」毒物学の知識は一般的ではないと思いながらも、警部補は言った。ヒ素は苦いと思われているものだ。「ミスター・レッチワースが服用したとして、薬瓶はどうなります？　調書を取っているのはこの家の中だけではありません。ミスター・レッチワースがここ数か月に診察を受けたかかりつけ医や近隣の薬局には訊き込みをしましたし、彼の家族にも話を訊きましたが、彼が服薬していたと証言する人はいませんでした。それに大みそかの日に彼が薬瓶を持ってきていたのなら、どこかに置いたはずです。お宅の中に所有者不明の薬瓶はありませんし、庭でも見つかっていません」

「ほお、抜かりないですね？　でもカプセルや錠剤だったかもしれないでしょう」

「それは医師や薬剤師、それに彼の友人から聞き取り済みです。その可能性はないと思いますよ、ミスター・ボール。ヒ素が混入したカクテルをミスター・レッチワースが飲んだのは疑う余地がないんです」

ルパートはもどかしげに言った。「それでもばかげてますよ。殺人だと言われても――わたしはこれっぽっちも信じていませんよ――犯人が相手を間違えて殺してしまったと推理するんですか？　どうかしている。もっとロバートについて調べたらどうです？　彼の非業の死をあれこれ詮索したくはありませんが、なにぶん若者ですから。女性と何かあったんじゃないですか？　わかるでしょう、刑事さん。何があっても不思議じゃない。わが家を妙な推理で引っかきまわすより、そっちを当たるべきでしょう」

「そちらについても確認しています。ミスター・レッチワースの私生活についてはずいぶん調べました――ですがあなたが思われるような事象は見当たりません。彼はあなたの姪御さんとの結婚を真摯に望んでいたようで、女性問題はありませんでした。礼儀正しい青年で通っていたんです。犯人に狙われる要素がまったくありません。こう言うと驚かれると思いますが、ミスター・ボール、大みそかの夜に犯人がヒ素を混入したのはあなたのグラスだったという証拠があるんですよ」

ルパートが仰天して立ち上がる。「なんだって！」

「その点については疑う余地はありません。カクテルが配られる前にキッチンでちょっとしたトラブルがあり、セットのグラスがひとつ欠けました。十個一セットのもので、あの晩は十人分のグラスが必要だったので、マーガレットさんが他のセットのグラスを足しました。最後に配ったカクテルはそのグラスに入ったものだったと証言しています。そして、それを受け取ったのはあなたです。彼女ははっきり覚えていました、というのも、本当はそのグラスがあなたに当たらないよう願っていたからです。グラディスさんが翌朝グラスを見つけましたが、それは例のグラスでした。そしてそれこそが残念ながらミスター・レッチワースがカクテルを飲んだグラスなのです。何者かがヒ素を入れたあなたのグラスをあなたは消火のために飛び出した時にテーブルの中央に置いていました。そして片づけに来た女中はそのグラスを見落とした。その後、電話をかけるために居間に来たミスター・レッチワースがグラスを見つけて飲み干し——命を落としたのです」

「なんだって！」ルパートは再び言った。「そんなはずはない」

「ですが、それが事実です」

「でも、あのグラスに細工ができるのは——家族くらいです」ルパートは笑い声を上げたが、それは弱々しくぎこちなかった。「そんなの信じられますか。まったく——非常識もはなはだしい」

「事実は揺るぎません。ヒ素を混入した人物については——ミスター・レッチワースと使用人は別として、あなたがおっしゃったように、家にいたのはご家族ですね。使用人の誰かの仕業なら、居間の外で毒が混入された後、マーガレットさんが故意にあなたにグラスを渡したことになります。十個のグラスを載せたトレイを持って彼女はグラスを配り、あなたへ渡したのは、他の人たちが取らなかった最後のグラスでした。そんな芸当ができるとは思えません。それにミスター・レッチワース自身も二つの理由から犯人から除外されます。第一に、彼があなたに毒を盛るなら、あなたのグラスのありかがわかっていなければなりませんでした。そもそも毒を入れたのが彼なら、そのカクテルをわざわざ飲むでしょうか？　第二に、薬瓶を考えると彼の犯行とは考えにくいのです。他の人物なら夜遅く瓶を処分できるでしょうが、ミスター・レッチワースにそんな時間はありませんでした。居間にいた彼は消火活動のために外に出て、屋敷に戻った後は居間や玄関ホールや二階の寝室にいました。意識不明の状態で病院へ搬送されるまで、他のどこにも行っていません。彼の遺品に瓶はありませんでしたし、彼の居場所でも見つかりませんでした。当然ながらわれわれはくまなく探しましたよ。ミスター・ボール、残念ながら毒が混入されたのは、あなたのグラスだった事実に疑いの余地がありません。そして実行した人物はあなたのご家族以外考えられないのです」

警部補をじっと見ていたルパートがようやく口を開いた。

「それで？　聞かせてもらおうじゃないですか。そのばかげた推理とやらを？　根拠は？　さっき家の者全員に訊き込みをしたと言っていたから、ここに住んでいる者全員を養っているのがこのわたしだと知っているはずです。わたしが消えたら皆が食いはぐれる。気づいていましたか？　あなたのひどい推理ではそれをどう考えるんです？」

「もちろん気づいていました。それでも事実は変わりません。動機を理解するにはさらに苦労はしますが。あなたのカクテルに毒が盛られ、グラスに毒を混入できたのは家族以外にいなかったのは確かです。これらは厳然たる事実です。犯行の動機についてはこれから調べます。ですがあなたの反論に回答ができるとは限りません。あなたの思うほどたいした理由ではないかもしれない。ミスター・ボール、あなたは遺言を書いているはずです。差し支えなければ具体的に教えてくれませんか。あなたの死後に得をする人物を知りたいんです。その人物に多額の遺産が転がり込むなら、現在の援助が失われても彼――もしくは彼女――は元が取れるでしょうから」

「それでもあり得ない。わたしの全遺産の相続権は妻にあるんです」

「そうなんですか？　それは興味深い。その場合、現在の援助体制が続くわけですね？　ミセス・ボールは相続した遺産でご家族を養い続けられるのですから」

「そうは思いません。妻ならきっとロンドンのこの屋敷を引き払って田舎へ行き、小さなコテージにでも暮らすでしょう。都会は嫌だといつもこぼしていますから。妻が何をするにせよ、あなたの推理は間違っている。安泰な生活をわざわざ台無しにしようとする間抜けはいません。小さな幸せをつかんでいますからね。心配には及びませんよ警部補、その推理は間違っています。もっとましな案を考えてください」

第五章　あきらめない毒殺者

一

バーマン警部補はさらに一時間ほど粘り、午後一〇時三〇分に屋敷を辞するまでルパートと議論を続けた。たとえメアリーが未亡人になったとしても、裏付けのない現状では彼女が毒を入れたかどうかより、親族が暗に彼女にそう期待していたかもしれないということのほうが重要だ、とバーマンは主張した。ミセス・ボールが遺産を相続するのを見越して、両親や弟一家が彼女に援助の継続を願って犯行に至らせたかもしれない。親族の誰かが犯行を思いついた場合はルパート殺害の理由となる。他方、いまのところ犯行の動機は確かではないが――ルパートにわかるはずはなかろう？　親族から狙われる心当たりなどあり得ようか？

ミスター・ボールは断固として否定し、とにかくばかげているの一点張りだ。

だがバーマン警部補は推理を覆すつもりはなかった。家族全員から話を訊き、家族の込み入った内容に探りを入れた。ルパートを嫌っている人物を把握したかった。回答一つをとっても、誰に対しても無関心なのと、ルパートに殺意を抱くのとでは大きな違いがある。単に嫌いなだけでは殺人犯になるような十分な動機にはならない、と警部補は指摘した。犯行に及ぶにはたいてい背景がある。たとえばある人物が親友を殺そうとするなら、それは納得ずくのはずだ——無理やりにでも——自分は友人が嫌いだ、ずっと前からそうだった、と思い込む。その一方、殺人犯は実際には嫌いだという素振りは見せずに、むしろわざと親し気に接するかもしれない。しかし好き嫌いのいかんにかかわらずルパートへの態度に変化が見られるかは疑わしい。

警部補が毅然として言う。「あなたに対する一人一人の態度がどうであるか、そしてこの数か月で気づいた変化は何かを訊きたいんです」

ルパートは答えた。「特にありません。すべていつも通りです。ときには口論もありますが、親族九人がひとつ屋根の下に暮らしていれば当たり前です。見当がつくでしょう、この国の暮らしというものに。バーナード・ショーか誰かが言っていたでしょう。誰かが小便臭いと誰かにどなり、結局全員が加わり激しい喧嘩になるって。いつでも誰かしらが騒ぎを起こす——わたしがわめき立てたら、あ、な、た、は悪い意味に取るんでしょうね。でもまったく他意はないんです。ふだんはおとなしいものですよ、警部補」

「最近、特に変わった点は？　何も気づきませんでしたか？　口やかましかったのに、急に穏やかになった人は？　もっとも穏便に済んでいるのなら口喧嘩をした相手をいちいち覚えてはいませんか？」

「ええ何も。口喧嘩はちょくちょくありますが、かわいいものです。わ、た、し、が夜も寝られないなんてことはありません。あら捜しをするために乗り込んでくるのではなく一緒に住んでいれば、妙な推理は浮かばないはずです」

「恐らくそうでしょう。そうなると、そもそもわたしが来る理由がなくなります。この家の人々についてあなたの目線でお話しいただけると一番助かるんですが。長所も短所もざっくばらんに話してください。ご協力いただけますか？」

ルパートが答える。「協力できると思いますが、その依頼自体が見当違いじゃないですか。警部補が妙な推理をやめて分別ある行動を取ってくれれば、協力は惜しみませんよ。まず何を訊きたいんです？　妻と娘は抜きにしてですよね？」

「われわれの捜査では全員を対象としたほうがいいんです」警部補が控えめに言う。

「なるほど？　いいですよ。でも妻や娘が毒を盛ったなどと言うんじゃ――」

「何もそうは言っていませんし、ほのめかしてもいませんがね、ミスター・ボール。でもご家族の話はすべて訊きたいんです」

ルパートは敢えて反論はしないというように肩をすくめた。「どうぞご自由に。妻とは結婚して二十年余りになります。とてもうまくいっています。それに――妻がどんな存在か事細かに話すつもりにはなれませんよ。どうしてもね。妻について知りたいなら他の誰かに訊けばいいんです。いままでの訊き込みでとっくに知っているんでしょう？　妻と六か月前に喧嘩をしたと誰かから聞きつけたんですね。そうでしょう？　それでいまこうして――とにかく、これだけは信じてもらえますか、結婚生活に満足していますし、妻も同じはずです」

「何も個人攻撃をするつもりはないんです、ミスター・ボール。ただ特異な状況で訊き込みをしている次第でして。それで、お嬢さんとは――？」

「最愛の娘ですよ。向こうも慕ってくれているはずです。すでにご存知かと思いますが、うちは仲がいいんです。誰も疑わないはずですよ」

「それでしたら、なおさらすみません」

「本当ですよ。それにしつこいですね。他の家族についても訊きたいんでしょう。妻の家族のことはあまりよくわかりませんが、妻の両親から始めましょうか。ここで住むようになって一年ほどになります。妻に頼まれましてね。義父は仕事を辞めないと破産するところでした。商売を畳んだ頃には暮らしに行き詰まっていたんです。両親をここに同居させてくれ、と妻から頼まれましたが、気が進みませんでした。わかるでしょう、喜んでそうする人はいませんよ。案の定、妻とはほとんど話をしないまま結局わたしが折れておしまいです。バーマン警部補、実を言うと義父はとても骨の折れる人物なんです。冗談が通じないんですよ。とはいえ、義父相手に軽口くらい叩きますけど。それぐらいしかすることがありませんから。相手にしないか、からかうかしかありませんが、あいにく義父はお客様ですから——不運にも——失礼があってはなりません。だから少しちょっかいを出して、義父が慌てるとわたしは笑うようにしています。まったく、それが関の山です。他に何ができます？　相手にユーモアセンスがあれば一緒に笑ってくれるでしょうが。本気になったら義父をここから追い出す理由が山ほどありますよ。でもなにぶん妻の父親ですし年もいっていますので、我慢するより他ありません。わたしが取り合わないからって、義父が業を煮やして毒を盛ったとでも？　本気でそう思うなら警察は人というものを、人の心理というものをまったくわかっていませんよ。義父はうなり声は上げますが嚙みはしません。そういう人です。

続いて義母ですが、あなたもご存知の通り耳が不自由です。まあ穏やかな老婦人ではありますが、わが妻メアリーがああならないよう祈りますよ。ろくに会話ができないので義母の本心は——誰にも

――わかりませんが、害のない年寄りに過ぎません」

ルパートは妻子には気を使っていたが、義父母についてはあからさまに中傷した。

「さて、義弟のリチャードについて話しましょうか。おとなしくて臆病者です。どうにもぱっとしない男ですよ。才覚がなくて事業に失敗したのに、不況のせいにしている。不況のせいに！　わたしゃ、自立した人物なら不況ごときに負けませんよ。でもリチャードは他力本願なタイプでね。以前友人が運営しているきちんとした仕事を勧めました。そこならやりがいを持って働けるのではないかと思って。仕事に失敗したら誰だってまた一から始めなくちゃだめでしょう？　でも彼は断ったんです。もっといい仕事が見つかると思ったんでしょうね。当分はわたしの世話になれますから。それも家族全員が。何も一緒に住むのが嫌だと言っているわけではありませんよ。妻のメアリーが喜びますし、子育ても落ち着いたので話し相手になるのでしょう。大事ですよ、妻が幸せで家が安泰というのは。それにリチャードは間抜けなところはありますが悪人ではありません。ビリヤードで手合わせしてもおとなしいものです。むしろ彼の奥さんのアースラのほうが積極的な戦略を取ります。涙もろくて独りよがりですけど誰に対しても肯定的で、人間には長所が多くあると考えています。ちなみに容疑者リストからアースラは外していいですよ。彼女がわたしを嫌いだと思っても命を奪おうとせずに、祈るでしょうね。寄り添って涙を流しながらわたしの手を取り、あなたが本当はよい人だと知っている、と言うでしょう。実にばかばかしい。参りますよ！　甥たちが似なくてよかった。彼らも辟易しているはずです。生意気な連中でしっかりしたもんです。景気悪化で一家が引っ越してきた時、甥のレックスはすぐにわたしのもとに来て、彼とイヴリンはわたしからの施しを――施しですよ、いいですか――受けない、宿泊と食事代として週に二ポンド支払うと言いました。ここでの朝食代の足しにしていますけど、敢えてレックスには伝えていません——くどくど言いたくありませんから。甥には一目置いていますが、もっと礼儀正しくしたらいいのにとは思います。さて、これで全員ですか？」

「姪御さんはいかがです？」バーマン警部補が促す。

「前に話しましたよ。イヴリンはしっかりしています。レックスの小型版でしょうか。害はありませんが、誰にも頼りたくないと肩肘を張るところがありますね。だからロバートとはうまくゆかないと思っていたんですよ。彼にもそう話したのですが、彼女にはぼくが必要だと言い張っていました。実際にはイヴリンは一人でやってゆけるのに。言っておきますが、姪はわたしを疎ましく思っています——それを隠そうともしません。でもただ年齢《アノドマーニ》によるものですし仕方ありません。そのうち落ち着くでしょう。それに人に毒を盛るような卑劣さはありません。姪が誰かの命を狙うなら、あくまでも仮定の話ですが、公明正大に相手へ決闘を申し込むでしょうね。

　さあ警部補、どうか飲んでください。訊き込みは大変でしょう。この家の誰が犯人かわかるなら、あなたは相当な眼力の持ち主ですね」

「何やら行く末が案じられますが」警部補は手ずからウィスキーをグラスに注ぎ、ソーダを加えた。

「表向きには——そうですね、どうでしょう。そういえばあまりミセス・ヴァーミンスターについてはお話になりませんでしたね。彼女はご主人と仲がよいのでしょうか？」

「そう思いますが、よくわかりませんよ。それがどうかしましたか？」

「たいしたことではありません」バーマン警部補は答えてグラスを下に置くと、思慮深い眼差しでルパートを見た。「あなたはどうもミスター・ヴァーミンスターを軽んじているように見受けられます。伴侶を大切に思っていたら、ミセス・ヴァーミンスターは今回の事件を腹立たしく思うでしょうね？

それにあなたへの不信感も募るはずです。そんな素振りを見せませんが、耳の不自由な人はじっと考え込む質なので、あなたがミスター・ヴァーミンスターに言っていた話を大げさにとらえたのでしょう。あなたはミセス・ヴァーミンスターを無害と思っていますが、自分はさておき、愛する人のために人はときとして大胆になります。それに共犯者がいる可能性も拭えません。さっきあなたは、ミスター・ヴァーミンスターはうなり声は上げるが嚙みはしないと言っていましたね。でも何者かが彼に代わって嚙みつこうとしているのでは？」

ルパートは警部補をじっと見るばかりだった。

「ひどい推理だ」ルパートがようやく言う。

「そうとは思いませんがね、ミスター・ボール。この事件には様々な可能性がありますから」

「そうなのでしょう。どれも信じられませんが。まったく、あの年老いた義母とは知り合って二十年以上になります。義母は相当な変わり者ですが穏便にやってきました。義母としてそう悪くありません。それなのにあなたは、義母が殺そうとしてカクテルに毒を盛ったと言う！　あまりにも不自然じゃありませんか？　勘弁してくださいよ、警部補。それを別にしても、義母が犯人なら実の娘であるメアリーに対してひどすぎませんか？　つまり、義母はメアリーを誰よりもよく知っていますし――わたしは妻とは二十年以上も仲よくやってきました。それが女性にとってどういうことかおわかりでしょう。一人娘のジェニファーも、義母のお気に入りです。そんな義母が自分の娘を未亡人に、そして孫娘をみなしご――父なし子――にすると思いますか、わたしが義父を邪険にした腹いせにそこまでするでしょうか？」

「他の点も含めて深く調べる必要があります。そういえば、姪御さんは気乗りがしなかったのにあなたが無理やりミスター・レッチワースを招待したそうですね？　青年を好きではなかったイヴリンさんは腹を立てたのでは？　それが殺人の動機になるとまでは言いませんが、調査を要します」

バーマン警部補はいったん区切ってから続けた。「ところで、被害者と姪御さんの事情についてはいままで話されませんでしたね？　グラスがあなたのものだったという件については話すおつもりだったのでしょう。もっともわたしが着目しているのは別の点ですが」

「わかりました。もう何も言いません。たくさんです。それでなくてもここ数日この家は大騒ぎだったんです。もう笑うしかない。あなたの推理についていける人なんかいないと思いますよ」

「そうかもしれません。でも毒が混入されたのがあなたのグラスだったという事実からは逃れられませんよ」

二

翌朝八時四五分にバーマン警部補が屋敷を訪れると、一家はまだ朝食の最中だった。そこで彼は、ミスター・ヴァーミンスターとできるだけ早くお会いしたい、と伝言を頼んだ。待っている間、女中のマーガレットに話しかけた。「大みそかの夜にミスター・ボールがセンターテーブルに作った本の山についてお訊きします。グラスを山の中に置いたと言っていましたね。ミスター・ボールはゲームのためにわざわざ本の山を作っていたんですか？」

マーガレットは勤務中に途中で引き留められた形になった。午前九時はいちゃつくのにふさわしい時間帯ではなかったので女中の態度も昨晩のようにうちとけたものではなかった。

「わたしに訊かれましても。ご主人様が山を作られた時はそばにいませんでしたから」

「それはそうでしょうけど。ミスター・ボールがなぜ山を作ったのかと思いましてね。だって、ゲームの答えがそこにあったとしても、見ないよう皆に言えばいいはずですから」

マーガレットは誘導に引っかかった。「たいていの人ならそれで十分でしょうけれど、ご主人様は違います。とても慎重な方ですからいつも最大限に用心なさるんです」

「自分の身内でも？」

「そうです。でも奥様のご家族なので、ご主人様のじゃありません」

「おっしゃる通り。それで本の囲いはどんな風だったんです？　一、二冊ですか、それとも何冊も？」

「ああ、いつもと同じですよ。二十冊から三十冊を平積みするんです」

「書棚の本で再現してみてくれませんか？　事件当夜にどうだったか見てみたいんです」

「できるとは思いますが」マーガレットはそう言ってドアの辺りに目をやった。

「ミスター・ボールに見られはしないはずです。じきにシティーへ行くはずですから。それに、ドアの錠をかけますから」バーマンが言う。

女中が笑い声を上げる。男性が「ドアの錠をかけるから」と言った後に急展開するというたぐいの話を新聞で読んでいるのだろう。もっとも話の登場人物とは異なり、警部補は閉めた鍵をポケットにしまいはしないだろうとマーガレットもわかっていた。

「どの本が使われたかわかりますか？」警部補が事務的に尋ねる。

女中は思わせぶりな展開を頭から消して、暖炉の横の書棚に向かった。「さあ。グラディスならわかるかもしれないわ、翌朝ここを片づけたんですから。とにかくずいぶん積まれていたのは確かです」

そう言って女中は両腕で抱えるほどの本を取った。「ご主人様はテーブルにこのように円になるように置いていました。高さはグラスの二倍ほどでした」

「それならもっと使ったでしょう」警部補はさらに女中へ本を渡す。「六十冊くらいかな、隙間なく置いてあったんでしょうね。するとあなたはグラスを渡す時、本の山越しに差し出したんですね？」

「はい、その通りです」

「グラスをどのように持ちましたか？」

「確か初めはグラスの脚の部分を持っていましたが、ご主人様のところに届かないと思って、いったん本の上に置いてからグラスの縁を持ちました」

「それで置いたところは？　中央ですか、それとも端ですか？」

マーガレットが答える。「わたしが立っていたのはここで、テーブルの向こうでご主人様が背を向けていらしたので、わたしはこうして身を乗り出してグラスを置きました――本の山から離すようにして」

「なるほど。訊きたかったのはそれですべて――」

ドアがガタガタと激しい音を立てた。バーマン警部補は女中に微笑むと、ドアに近づき錠を開けた。

「ミスター・ヴァーミンスター、どうぞお入りください」

開かないドアにいらだっていた老人は、部屋の中にマーガレットがいるのを見て驚き、疑わし気な視線を女中から警部補へ向けた。てっきりご主人様がいきり立って入ってくると思っていたマーガレットがクスクス笑い、さらに場の空気を悪くする。

女中に同調して警部補も思わず吹き出した。「ミスター・ヴァーミンスター、どうぞお入りください」警部補が繰り返す。「ミスター・ボールのグラスがどこにあったか、マーガレットに見せてもらっていたんです」

「ふん」これっぽっちも納得していない様子で老人が言ったので、女中はほらね、と言わんばかりに警部補へ目配せをして部屋から出ていった。

「では」バーマン警部補は例によってピアノに寄りかかりながら言った。「ミスター・ボールとの関係について訊かせていただけますか。確か、ここにお住まいになって一年になるけれどミスター・ボールとはあまりうまくいっていないんでしたね」

椅子に腰かけて警部補を見た老人の顔は、その体格と同じような輪郭だった。目の下の涙袋以外は概してまとまりがなく無表情だが、その涙目がきらめいたようだった。

「それは違う」ミスター・ヴァーミンスターが言う。「娘婿は立派な男だ」

「でもユーモアのセンスがひどいのでは?」

「ルパートが冗談好きなのは確かだ。とても――面白い。ああ、とても」

警部補が畳みかける。「でも独りよがりなのですよね。さあ、ミスター・ヴァーミンスター、取り繕う必要はありません。はっきり言ってミスター・ボールの冗談に腹を立てているのではないんですか?」

先ほどまで肯定的だった老人の様子がにわかに変わる。身を乗り出すが姿勢は崩さない。

「悪いがわしは短気なんだ、警部補。ルパートにはときどきいらいらさせられるが、態度には出さないようにしていた。何に対しても——人に対しても。年を取ると人は辛抱強くなるというが、怪しいものだな」

「なるほど。大みそかの夜について話してくれましたよね。あなたは窓際のテーブルにあったグラスを取り、ミスター・レッチワースも自分のグラスを持ち、そのまま移動した、と。若者の行き先には気を留めなかったのは、あなたがルパートと一緒にいて、彼の話に辟易していたからです。そういう感じでよくルパートにいらついていたのでは？」

「そうとは言っておらん！」

「そうでしょうとも。だからこそ訊いているのです。あの気の毒な青年の行き先がわからなかったという事実を、そしてそうなった原因をわたしに秘密にしていて不安だったのでしょう。あなたが何を、そしてなぜ隠しているのかを知りたいのです」

するとと老人は急にいきり立った。「わしの勝手だろう。それに——娘婿に責任を感じるからこそ——さっきドアを閉めて女中と何をしていたかを知るのもわしの務めだ。まったく汚らわしい。誰かに見られでもしたら——」

「それについては先ほど説明したはずですが、ミスター・ヴァーミンスター」バーマン警部補はぴしゃりと言った。「どうか質問にお答えいただきたい」

「断る。言うもんか。警察には関係ない」

警部補も負けてはいない。「とても関係があるんですよ。大みそかの夜に犯人がミスター・ボールの殺害を企てていたのははっきりしています。その直前にミスター・ボールと口論したのをあなたは隠そうとしていますね。いままでも言い合いが絶えなかったのでしょう。彼と仲が悪いのではないかと尋ねた時あなたは否定しました。そこで考えたんですよ、ミスター・ヴァーミンスター。あなたが否定したのは嘘で、捜査を妨害して警察を混乱させるためだと。ご存知かと思いますが、それは軽犯罪に相当しますよ。わたしはさらに疑いました。そこで選択の余地はなく――」

老人の顔が歪む。「無関係だ。何もやっちゃいない、警部補。わたしは――ルパートにまくし立てはしたが――それだけだ」

「大みそかの喧嘩の原因はなんですか？」

「ルパートは――わしを居候呼ばわりしたんだ。もう耳にタコができている。生活費をすべて賄ってやっていると言われると、こっちだってお情けで置いてもらっている気になってくる。施しなんてまっぴらだ」

「でもずっとここに住んでいらっしゃるのでしょう？」

「他に行くところがないんだ。もう若くはないし、商売も――うまくいかなかった。娘のメアリーが一緒に住もうと言ってくれてね。てっきり――身内として歓迎されていると思ったんだよ、だが――どうしたって――ルパートから嫌われているとは思わないが、あの言葉遣いはどう考えてもおかしい。そういう男だ。言葉が辛らつなんだ」

「懐に余裕ができたらここを出ていかれるのですか？」

「そうしたいと思っている。ルパートの金などこれっぽっちも欲しくない――」

ミスター・ヴァーミンスターは急に押し黙った。老人の様子はもの悲しさから怒りに代わったところでいったん止まった。どうやらそれに自身で気づいたようだ。

「それで？」バーマン警部補が促す。

老人は再びもの悲しい表情に戻ったが、激昂していた様子の後ではわざとらしく見えた。

「いや、ルパートにはとてもよくしてもらっているよ、わしらは他に行くところがないんだから。頼むよ警部補、さっきは——不覚にもすっかり熱くなってしまったが——ルパートは実に立派な男なんだ」

「なるほど」

・・・・・

バーマン警部補は五分後に家を出ると地下鉄でシティーまで行き、ファーリンガム株式会社を訪ねた。用向きを尋ねられると名刺を差し出し、ミスター・レックス・ヴァーミンスターと会いたいと伝えた。小待合室にレックスがやってくると警部補は言った。「ちょっと外へ出てコーヒーでもどうですか？　この時間帯にシティーではよくそうするでしょう？」

レックスが答える。「構いませんけど、急用ですか？」

「今夜家に戻るまで延ばさないほうがあなたのためという意味では、そうですね。さあ行きましょうか？」

店のオレンジ色のテーブルを挟んで座ったところでバーマン警部補が口を開いた。「あなたのお祖父さんと伯父さんの喧嘩について訊ける最適な人物はあなただと思いましてね」

レックスは二人分のビスケット付きコーヒーを注文すると、タバコに火をつけてから言った。「どの喧嘩ですか？」

「大みそかのです。喧嘩はそれが初めてではなかったのですね」

「はい、日常茶飯事ですよ。伯父は自分を愉快な人物だと思っていますが、独りよがりで意地悪なだけです。結局みんなを食べさせてやってるのは自分だ、という話ばかり。祖父はそれが気に入らずに不平を言う。それも当然だと思いますよ」

「あなたは平気ですか？」

「まさか。でもおかげ様で伯父の世話になっていませんから。イヴリンだってそうです。ぼくらはお金を入れているので。でも祖父は入れていないし、入れられない。それで言い合いになります」

「それで大みそかの午後一一時四五分頃にも口論になりましたね」

「ああ、あれですか。あんなのかわいいものですよ。ええと、そうだ、メアリー伯母がぼくたち各々がどこにグラスを置いたか訊いたんです。祖父はテーブルにあったグラスを持って、こうして持っているぞ、と言いました。パーティーの初めから人の揚げ足を取りたくてうずうずしていたルパート伯父はここぞとばかりに食いついて、こう言いました。『そうでしょうとも、ファッター』――ファッターというのは伯父が祖父につけたあだ名です、意地が悪いでしょう――『そうでしょうとも、ファッター。うかうかしてるとわたしの分まで飲まれてしまいそうだ』当然ながら祖父はかんかんに怒って、おまえのカクテルも侮辱もお断りだ、と言いました。そのあと険悪になったと思います。いつか爆発するでしょうね。でも目を配っていたメアリー伯母が、母と一緒になって祖父と伯父をとりなしました。ジェニファーもホラーティウス（ローマの軍人）のように割って入って――いや違ったかな、ええと、ぼくの歴史の知識は怪しいんで――とにかくジェニファーが中に入って祖父の気を逸らせました。あのくだらないゲームの問題を出して、祖父に答えを尋ねたんです。それでその場が落ち着きました。あね、愉快な一家でしょう？」

「退屈はしないでしょうね。他にも険悪な人たちはいますか？」

「まあメアリー伯母とジェニファーは別として、ルパート伯父を好きな人はいませんね。実際に言い合いにはなりませんが、喧嘩が始まると皆どちらかの肩を持つんですよ。イヴリンなんかはときどき――」

レックスが急に押し黙る。

「くそ、あなたが誰か忘れてました。制服姿ならよかったのに。まさか屋敷内で口論した人物が相手を殺そうとしているというんじゃないでしょうね？」

「いや、そんなことは。ミセス・ヴァーミンスターはミスター・ボールにどう接していますか？」

「ルパート伯父に？　さあどうですかね。この間の夜はうんざりしてたみたいだな、祖母が心臓発作を起こしかねないほど伯父に激しい動きをさせられていましたから。でも言い返しはしなかったですよ。もっとも自分の耳が遠かったら、下手に悪態もつけませんけどね」

「その夜にミセス・ヴァーミンスターが『うんざり』していたとなぜわかったんです？」

「なんとなく。そうなって当然だなと思って。伯父は子供っぽいゲームを始めたんですよ、ピアノの伴奏に合わせて跳ぶ『お歌でドスン《ミュージカル・バンプス》』という遊びです。若い連中には何でもありませんが、年寄りにはきついですよ。母は機転を利かせて伴奏役を買って出てゲームから抜けました――ピアノの代わりに蓄音機を使うところでしたけど。祖母はゲームの最初のほうしか参加しませんでしたが、それでもひどく息が苦しそうでした」

「それでミセス・ヴァーミンスターはどうしたんです？」

「椅子に座ってはあはあ息をしていましたよ、息も絶え絶えでした。確かそのあと二回ゲームに参加してから、いつもの気つけ薬を持ってきてくれ、と祖父に頼みました」

「気つけ薬？　ミセス・ヴァーミンスターはよく使ってるんですか？」

「しょっちゅうですよ。年配のご婦人方はそういうものでしょう？　一度嗅がせてもらいましたが、ひっくり返りそうになりました。それくらいが効くんでしょうね、ぎょっとして何が何だかわからなくなるくらいが」

「どうやらずいぶんと強い薬のようですね。大みそかの夜の皆さんの様子を把握しようとしているんですが、薬の話は初めて聞きました。ぜひ詳しく教えてください。ミスター・ヴァーミンスターは気つけ薬を取りに部屋を出た。その間皆さんはゲームを続けていたんですか？」

「いえ。祖母の息が上がってたので、皆で見守りました。メアリー伯母はクッションをあてがってあげながら騒ぎ立てるし、母はひっきりなしに『あらまあ』と言う始末で――母はいつもそうです。ご存知ないと思いますが、母はとにかく誰かが病気になると慌ててしまって始末に負えません。驚くほどですよ。子供の時はそれが結構好きでしたけどね、実際には軽い症状なのに重病扱いするので、必要以上に学校を休めました。とにかく、伯母と母が大騒ぎする中ぼくたちが交通事故の野次馬のように見守っていたら祖父が戻ってきました」

「どのくらいの時間で？」

「さあ。二階へ行って帰ってきたくらいだったと思います」

「先を続けてください。ミスター・ヴァーミンスターが戻ってきて？」

「はい、祖父はルパート伯父に向かって――」

「ちょっと待ってください。気つけ薬を手渡したのでは？」

「もちろんそうです。渡された祖母は『ずいぶん楽になったから』と言って、呼吸も落ち着きました」

「薬を嗅いだ後に、ですね?」

「いや、使わなかったんですよ。ゲームを中断させるための仮病かと思ったくらいです。とにかく祖母はバッグに薬瓶を入れると、椅子から立ち上がりました」

「それから?」

「祖父がルパート伯父に言いましたよ、『もう勘弁してくれ』とか何とか。すると伯父が——年寄り連中がうるさかったので少し離れた所にいた伯父が——言いました。『いいですよ、ファッター。体が辛いなら頭を使うとしましょう。近頃鍛えていないのでは?』それを聞いて祖父がまた腹を立てましたが、一分か二分で収まりました。それからメアリー伯母に連れられて部屋の奥に行き、何かしていたようです」

バーマン警部補が考え込む。「なるほど。その後は穏便に済んだんですね。ぜひ、情報の穴をもうひとつ埋めさせてもらえませんか。年越しの直前にミスター・ボールが蓄音機に『蛍の光』のレコードをセットしたと聞いています。センターテーブルにあるゲームの用紙の扱いをあなたのお父様に頼んだのですね——そういえば、なぜあんなに大げさな本の山を作って隠したのでしょう? ミスター・ボールはもともとそんなに用心深いんですか?」

レックスが答える。「そうですね。伯父は『蛍の光』のレコードもそこに隠していました。家族の誰かがいじくりまわして壊してしまわないように。もう伯父の性分ですね」

「なるほど。それがおおかたの評判のようですね。さて、ゲームの参加者が自分で取ったので、あなたのお父様は用紙を配る必要はなかった。ところでミスター・ボールはどのくらいの間センターテーブルから離れていたんですか？」

「ああ、五分くらいかな。伯父は忙しかったから。マーガレットが火事を知らせに来たんです」

「そしてその間、テーブルに近づいたのは誰ですか？」

「全員ですよ。うちの両親を別にして。ルパート伯父はゲームに難問をいくつか混ぜていました。十四文字くらいのアナグラムだったので、やる気のある人は試合をするアスリート並みに謎解きに必死でした」

「でもそれほどやる気のない人は、ゲームの問題を取り換えたのでは？」

「そうです。実際、笑えましたよ。だってルパート伯父はいつものように、その晩もずっと無理強いしていたんですから。規則を決めてそれに則って取り仕切る。そしてぼくたちがズルをしていないと知っていながら嫌味を言うんです。皆うんざりしています――ぼくも含めて。いわば伯父が幕を開けると夜が始まるわけです。最高ですよ、伯父が着々と効果を狙っているんですから！　その頃には皆伯父の規則に従うことになります――どうしてかな、だって伯父が『さては、ズルをしたな』と言う機会を与えるだけなんですから。でも伯父が少しでもいなくなると仕返しをしますよ。少なくともぼくはそうです。自分の答えがわからなかったけど、背中の用紙を取ってセンターテーブルへ行き、何をしているか見られないよう伯父に背を向けて、本の砦の中をじっくりと見て、簡単な五文字のアナグラムの紙を選び直しました。問いの中には一ヤードほどの長さのものもありましたが、ルパート伯父はいつも簡単なものをジェニファーに渡していました。なぜぼくにもそうしてくれないのかな。ルパート伯父もぼくと同じことをしているようでした。いじくりまわして覗き込んでいるのを見ましたから。祖母だってそうです——しばらくそうしてたかな。もっとも、火事の知らせが来るまでの五分ほどでしたけど。しばらく本の山の中に手を突っ込んで覆いかぶさるようにしていた祖母は、その場から離れる時にはご満悦でした。非常に満足した様子でしたよ。こっそり横に行って見てみると、祖母が選んだのは——ＳＮＵＲＢでした。誰だってすぐわかりますよね、ＢＵＲＮＳ（「燃える」の意あり）だって。取る前にわかっていたんじゃないかと思いました」

バーマン警部補は笑った。「ちょっと不謹慎ですね。ゲームでは全員が都合よくなさったんですか？」

「『全員』かどうかはわかりませんね。そもそもジェニファーは簡単な問いばかりだったからそうする必要がありませんでした。イヴリンは察しがついていたんでしょうね、ジェニファーと一緒にテーブルに行っていたので」

「なるほど。それでミセス・ヴァーミンスターはいつテーブルに来たんです？」

「さあ。それって大切ですか？　ああ、思い出しました。ジェニファーたちの後に来て探っていました。何をしているか見られないように待っていましたよ。十分なスペースが必要だったんじゃないかな」

バーマン警部補がさらに尋ねる。「その五分間のうちに皆さんの誰がどの順でセンターテーブルに来たかを教えてくれませんか？　正確に把握したいものですから。あなたの従妹と妹さんが最初で、その次がミセス・ヴァーミンスターですね。それで正しいですか？　次は？」

「メアリー伯母だと思います。それからロバート、ぼく、祖父は最後でした」

「あなたのご両親は来なかったんですね？」

「ええ、そうです」

「わかりました。どうかコーヒー代は持たせてくれませんか？　経費で落とせますから。とはいっても、あなたがお支払いになる税金から支払われるわけですが」

・・・・

ジェニファーから話を訊くためにバーマン警部補はエジスタッドの屋敷へ戻った。彼女は居間にいた。お手製と思われるグリーンのワンピースが似合っている。

警部補が話しかける。「ぜひお会いしたいと思っていました、ミス・ボール。失礼ですが、お仕事は何を？」

「家事手伝いなんです。この大きさの家だと仕事が山ほどありますので」落ち着いた、優しく歌うような声の調子が彼女の風貌とよく調和している。

「そうでしょうね。この家の人たちすべてを養うのはお父様も大変ですね」

「ええ」ジェニファーは意見を求められているとは考えていないようだ。

「実はご協力いただきたいのですが？　大みそかに起きた事柄をすべて把握したいんです。火事の発生が伝えられた五分前、お父様がセンターテーブルから蓄音機のほうへ移動したのは覚えていますね？」

「ええ」

「その時あなたはどこにいましたか？」

「ピアノの横でイヴリンとおしゃべりしていました」

「ミスター・ボールがセンターテーブルから離れた後の様子を詳しく思い出せますか?」

「はい、たぶん。イヴリンとわたしはちょうど同じタイミングで答えがわかったので、一緒に新しい問いを取りに行きました」

「そこですね?」バーマン警部補は先ほどマーガレットと作った本の山を指差した。

ジェニファーが声を上げる。「まあ。こういうのを現場検証って言うんですか?」テーブルに近寄り身を乗り出すようにして本の山の中に手を置く。「イヴリンとこんな風に身を乗り出して、手に触れた最初の紙を取り出しました。それから紙を交換して、互いの背中にピンで留めました」

「その時お祖母様はどこに?」

「ここにいる時に来ました。イヴリンとわたしがテーブルから少し離れるまで待っていました。この本の中は三人が同時に手を入れられるほどの余裕はないので。『背中にピンで留めますよ、お祖母ちゃん』って言って留めましたけど、ずいぶんと簡単な問いの紙を引いていました」

「なるほど。するとミセス・ヴァーミンスターが紙を選んでいる間、イヴリンさんと一緒に見守っていたんですね?」

「いいえ。イヴリンと話していました」

「彼女はセンターテーブルのほうを向いていたんですか?」

「いいえ、父のほうを向いていました」

「ほお、するとあなたがたは二人ともミセス・ヴァーミンスターに背を向けていたんですね?」

ジェニファーは額にしわを寄せて考え込んだ。警部補には不覚にもその表情がやけに子供らしく思えた。

しばらくして彼女は言った。「ええ、そうだったと思います。ずいぶん細かく確認するんですね。その時のわたしたちの正確な居場所を図にするんですか?」

バーマン警部補が答える。「そんなところです。ミス・ボール、事件当夜に犯人が毒を盛ろうとしていたのはお父様にだったと認識していますか?」

ジェニファーの表情は急に落ち着きを失った。彼女の落ち着いた雰囲気のせいで、警部補はその心配そうな眼差しにいままで気づかずにいた。

「それがあなたの推理だと朝食の時に父が言っていました。でも信じられません。まさか。確かにこの家で父のことをよく思わない人も何人かいますし、いささかいだってあります。でもそこまで思い詰める人がいるとは思えません。父は本当にいい人で、冗談が好きなだけなんです。父のことを冷酷だと言うイヴリンとときどき口論になります。だって父が大好きですから。イヴリンだって本気じゃないと思います、ただ父を好きになれないだけで」

「他にもそういう人がいるでしょうね」バーマン警部補が促す。

「祖父ですか? 確かにしょっちゅう腹を立てていますが、年寄りですから大目に見ないと」

「それでも事実に変わりはなく――」

「本気でそう思ってるんですか? 警部補、わたしにはどうしても信じられないんです。本当の父を、真面目な父を知ってもらえれば――確かにときどき人を困らせますが――一緒に散歩する時のような父なら、誰かに恨まれるなんて信じられないとわかってもらえるはずです」

警部補は首を横に振った。「あいにく納得できませんね。将来ある青年が命を奪われたばかりです。誰だって誰かに愛されていると言いますが、同様に誰だって誰かに嫌われているんです――例外なく。

そしてある人物の憎悪が顕著な場合、相手が好人物だろうが家族思いだろうが関係ありません。人は常に正気なわけではありませんので」

と、ジェニファーは急に怒りに顔を紅潮させた。「それはわかりますけど、簡単にひとくくりにされてはたまりません。ここにいる人は皆正気です。誰かが殺人犯だなんてばかげてます。気の置けない間柄なんです」

彼女は無理に微笑んでみせた。

・・・・

昼食を取りに出ようと一二時四〇分にバーマン警部補が玄関ホールでコートを着ていた時、玄関のドアが開いてルパートが入ってきた。

警部補が言う。「お早いですね。聞き取りを受ける前に自宅で簡単な腹ごしらえですか?」

ルパートが応える。「ええ。あなたのせいで午後が台無しにされるんでしょうね?」

「そう長くはかからないと思います。事情聴取は以前ほど厳しくありません。本質的な証言を取る検視官がわれわれの聞き取り結果を継続審議してくれます。それに『本質的な証言』というのは秘密漏洩を恐れるレベルです。本事件の場合、わたしの聞き取りがおおやけになるほどのものではありませんから、適当な時間に解放して差し上げます。ご家族全員が召喚命令を受けていると思いますが、だからといって予想外の収穫がない限り、必ずしも証言を求められるわけではありません。恐らくあなたと姪御さん、そして女中のマーガレットさんとグラディスさんくらいでしょう」

「それで警察は何をお望みで?」ルパートが噛みつく。「余計なお世話じゃないですか」

「ごく一般的な調査ですよ。それはそうと、お食事の前に五分ほどよろしいですか？　居間で二人きりでお話しできませんか？」

居間に入ったルパートはテーブルの本の山を指差して問いただした。「いったい何の真似です？　大みそかの晩の再現でもするつもりですか？」

「その通りです。ミスター・ボール、あなたが部屋の中央から蓄音機のほうへ行った後に火事の一報が入った。確か蓄音機のそばに五分ほどいましたね？」

「五、六分」

「その時間帯が重要です。それまでずっとセンターテーブルのそばにいて、カクテルグラスも本の山の中にあった。そしてあなたはテーブルの物に触れるのを皆に禁じていた。蓄音機のところへ行くまでグラスはあなたの視野に入っていた。誰も近づいた者はいなかったし、近づいたとしても誰かに見られたでしょう。でもあなたがグラスを置いてテーブルから離れた後、部屋にいたほぼ全員がテーブルにやってきただけでなく、本の山に手を入れた。他ならぬグラスのある場所に」

「用紙を取ろうと装ってグラスに毒を入れた者がいると言うんですか？」

「ええ。いいですか、わたしが毒を盛るとしましょう。ヒ素の入った小瓶を隠し持っていれば、誰も気づきません。こうしてテーブルに身を乗り出し本の山へ手を伸ばすとグラスがあります。前もって蓋を開けてある瓶の中身をグラスに注ぎます。それから小瓶はポケットかバッグに入れ、用紙を取ってその場を去る。残るはあなたに飲まれるのを待つ毒入りカクテルというわけです」

ルパートが口を開く。「よりによって最低の推理だ。そうやって執拗に恐怖に陥らせる。初めからすべて不自然に思えたし、いまでもそうです。もう頭がどうにかなりそうですよ。実にけしからん考えです。実際、この午前中も頭から離れませんでした」

「お察しします。自分の命が狙われているなんて思いたくないものです。でもあいにくこれは事実で、その犯行はほんの五、六分間に行われたのです。火事がなかったらあなたは年越しのカクテルを飲み──ミスター・レッチワースと同じ道を辿ったかもしれない」

「そうならなくてよかったですよ、本当に。ロバートは気の毒でした──火事の原因が彼だったのは奇妙な偶然です。それでも──そんな話があるもんですか！」

「そこなんですよ、犯人がたまたま運に恵まれた点がね。グラスが本の山の中ではなく普通にテーブルの端に置いてあったら、そして用紙もそこにあれば、犯人も犯行が簡単ではあっても目撃される可能性が高まったはずです。でもあなたがテーブルから離れなかったら犯人はどうするつもりだったんでしょう？　蓄音機のぜんまいを巻くのがあなただとわかるはずがないのに？」

「そうでしょうか。いままでの大みそかにもそうしてきましたよ。もっともメンバーは違っていましたけど」

「でも毎年出ている人もいるでしょう？」

「妻と娘だけですよ。親族も含めてパーティーをしたのは去年が初めてです」

「ふむ、すると何者かが奥さんやお嬢さんに例年の流れを尋ねたかもしれません。でもとにかく、今回もあなたが蓄音機担当になるとは誰も当てにできなかったわけです。テーブルにいたままで誰かに任せたかもしれない。その場合も想定して犯人は計画を練ったに違いありません。どんな計画だったんでしょう？　犯人はそばに来てあなたの集中を妨げた可能性があります──あなたとグラスの間に入れるよう、用紙を背中に留めてくれと頼んだかもしれません。しかし、カクテルが配られる前にそういった形式のゲームをすると知っていた人物は誰でしょう？」

「それも妻くらいですね。だからってメアリーを告訴しないでくださいよ」

「パーティーの流れを奥さんが誰に話していたのかぜひ知りたいですね。できる限りすべての情報を集めたいんです。現在のところ、義弟さん夫婦はその時間帯にセンターテーブルへ近づかなかったのを把握しています。その点から鑑みて彼らは犯人から除外されます。この要領で犯人を絞っていきたいんです」

「ほお、リチャードじゃなくてよかった。勘違いしないでくださいよ、わたしはこれっぽっちも信じていませんし、あなたの推理が間違っていると思ってますから。それにしても相当な自信がおありですね！」

「あいにくですが。ところでマーガレットが部屋に入ってきた時あなたはまだ蓄音機のそばにいましたか？」

「はい。レコードをセットしてぜんまいを途中まで巻いたところでした」

「するとその場にいる間は多少なりともセンターテーブルへ目を注がれていたんですね？　確かしっかり見ているとおっしゃっていましたね、万事が──つつがなく整っているのを確認すると」

ルパートが言った。「それはリチャードに頼もうとした時の話です。でも彼は当てにならなかったので、各人に任せました」

「少しは目を配っていたのでは？」

「いやそれほどは。準備を整えるのに忙しかったので──新しいレコード針を用意し、レコードをセットしてぜんまいを巻くのに。その間ずっと壁のほうを向いていました」

「するとあなたがいない間センターテーブルに誰が近づいたのかわからないんですね？」

「全員だと思いますがね。でもリチャードとアースラは違うというなら否定はしません。準備で忙しかったので」

「何か不自然なものに気づきませんでしたか？　いま一度思い出してみてください。そして当時は気づかなかったけれど、わたしの説明で思いつく点があれば教えてください。その後――」

ドアが開いてメアリーが入ってきた。「あらルパート、探していたのよ。もうすぐ昼食ができるわ。食べるのが遅くなってはいけないと思って」

「ミセス・ボール、ぜひお話がしたいのですが」警部補が声をかける。

「いまですか？　それとも昼食の後に？」

「お手間は取らせません。二、三の質問にお答えいただければ――」

メアリーが夫に向き直る。「先に行ってわたしを待たずに食事を始めるよう言ってください。こちらが済み次第、行きますから」

「さっさと済ませるんだぞ」ルパートが言った。

夫が立ち去るとメアリーは言った。「警部補、こんな辛い状況ですからお役に立てるのでしたら何でもします。何者かが夫に危害を加えようとしたなんて信じられません。本当にそんなことがあるんでしょうか？」

「残念ですが確かです。疑いの余地はありません」

「でもそれなら――」メアリーは肘掛け椅子に座り込んだ。肘掛けを強く握る指の関節が白くなっている。「もう事態は収束したんですか？　何者かが夫の命を狙ってあのように恐ろしい間違いを犯したなら、犯人たちは——もう、あきらめますか？」

「そこなんです、ミセス・ボール。だからこそ犯人を見つけようと必死なんです」

「すると——また事件が起きるかもしれないんですか？」

「それは犯人の動機の度合いによります。第二の犯行計画——達成されようとされまいと——の後になると、犯人を見つけて逮捕するのはさらに難しくなります。われわれが把握している状況が予想より核心に迫っているため、よほど犯人の憎しみが強く切迫していない限り、第二の計画が遅れていると思われます。ですが犯行を止めるとも思えません。犯人は捕まらない限り、捜査の勢いが弱まるまで待って改めて実行するでしょう」

「そんなのあんまりです。わたしたちは気の休まる時がありませんもの」

「犯人が誰かわかるまでは、残念ですが仕方がありません。でも捜査の勢いは弱めませんよ。あと数日で事件を解決できるよう強く願っていますし、それが無理だとしてもロンドン警視庁で捜査を継続するはずです」

　メアリーが思いのほか理知的な眼差しを向ける。「次の殺害計画が行われるのは——捜査の勢いが弱まったと犯人が思う時だとさっきおっしゃいましたが、警視庁が捜査を続けているのを極秘にしなければ、意味がありませんよね」

「その通りです。ミセス・ボール、犯人を一刻も早く見つけたいのもそのためです。本事件は何らかの報復と考えられるような、よくある殺人事件ではありません。われわれは必死で止めようとしているんです——将来的に起こるかもしれない犯行を」

「そうですね。刺激したくないので夫には何も言っていませんが、わたし——怖くてたまらないんですよ、警部補。こうしてただ座って――手をこまねいているのではなく、何かしなくては」

「当のミスター・ボールは怯えてなどいないと思いますよ。初めからずっと鼻であしらっていますし。ちょうど先ほど、気が休まらないとは認めていましたが」

「わかります。事件についてよく冗談を言っていますから。でも真面目に話そうとしてもばかばかしいといって取り合ってくれません。警察の推理が間違っていると夫は考えていましたが、今朝は様子が違うようです」

「昨晩遅くに、犯人はミスター・ボールを狙って毒を混入させたとお伝えしました」

「ええ、夫から聞きました。怒ってはいましたが、それをネタに軽口を叩いていましたから。でも今朝はいつもより静かで、何も話しかけてきませんし、ひどく思い詰めているように見えました」

「ショックだったんでしょうね」

警部補の発言が軽はずみに感じられてメアリーは目を向けたが、バーマンは真顔だった。

しばらくしてメアリーが尋ねた。「これからどうなるんです？ 警部補、何かしないと。ただ――ただ待っているなんて。犯行を防ぐ手立てを尽くすべきです。警察が主張なさるなら――どうしても信じられませんが――この家に犯人がいるというのなら、夫を別の場所へ移すわけにはいきませんか、もしくは家族以外に出ていってもらうのは？」

「それについては考えています。ただ問題点があります、短期間の対応では恐らく無意味なんです。ミスター・ボールの命を狙う人物を却って焚きつける結果となります、その人物が男性であれ――女性であれ。ご主人から切り離しても犯人には辿りつかないでしょう――それでわかるくらいなら、そもそも殺人の実行計画など必要なかったでしょうから。つまり、犯人はミスター・ボールがどこにいようと追いかけるでしょう。先ほど言ったように第二の犯行計画がすぐに実行されるとは思いませんが、犯人が野放しでいる間は、安心はできません。それにこの家の人たちがばらばらになったら、われわれの調査がかなり困難になります。ミセス・ボール、ご主人を違う場所に避難させたいというお考えはもっともですが、それで身の安全が保障されるとは考えにくいですし、長い目で見れば却って危険度が増すと思われます。ですが、どうなさるかわたしは指図する立場にありません。警視庁の上官に指示を仰ぐ事案ですので、しばらくはご自身で判断していただくしか」

メアリーは微笑んだが、それは苦笑だった。

「いつもそうですのね。どんなに助言を仰いでも結局は自分たちで決断せざるを得ません」

「そうです。お辛い立場でしょう。ですがいまのところ調査を続ける必要があります、お力になれる唯一の手段です。だからこそお話を訊きたかったのです。昼食を取られますか、それともこのまま続けても？」

「続けましょう。食事を取る気になれません。解決のためになら何でもしたいんです」

「では、これから話す件について訊かせてください。大みそかのパーティーには決まった流れがあるようですね。毎年恒例の。たとえばご主人がいつもゲームの担当で問題や必要な品をテーブルに用意して部屋の中央にいるんですね？　本の山にそれを隠すのも恒例なんですか？」

「いいえ。前回ズルをした人がいたと思ったんでしょう。わたしは気になりませんが、今回はそんなことがないよう夫は工夫しました」

「なるほど。するとミスター・ボールはパーティーの間ずっとテーブルのそばにいるんですね？」

「はい、そうです。場を仕切るのが好きですから」

「そしてここ数年は蓄音機も担当していた？」

「はい」

「ミスター・ボールとあなた、そしてお嬢さん以外は今回初めてパーティーに参加したんでしたね。つまり年越しの少し前にご主人がセンターテーブルを離れると知っていた人物はいなかったんですか？」

「はい、そのはずです」

「パーティーの前にその件で誰か尋ねた人はいませんでしたか？」

「父には話しました。何か手伝えることがあるか知りたかったようです。わたしがすべてするのでは大変だろうと心配そうだったので、ルパートが担当だと教えました」

「蓄音機も話題に出ましたか？」

「どうだったかしら。ああ、出たと思います。父から操作しようかと言われたので、ルパートが自分でするはずだからと伝えました」

「なるほど。その会話をしたのはいつですか？」

「クリスマスの贈り物の日《ボクシングデー》（クリスマス以後の最初の平日）です。クリスマスの準備の時わたしが疲れていたのを見かねて声をかけてくれました」

「わかりました。別件について訊きます。大みそかの夜の最後にアナグラムの書かれた用紙を各々の背中にピンで留めて当てるゲームをすると知っていたのは、ミスター・ボールとあなた以外にいましたか？」

「さあどうだったかしら。そのゲームをするのは皆知っていました。提案したのはジェニファーです。

前の冬のパーティーでゲームをしたんですよ。クリスマスにするつもりでしたけど、準備に時間がかかったので年越しの時に延期しました。夫がアナグラムを作るのを娘は手伝っていましたが、ゲームでも何でも取り仕切っていたのは夫です。ジェニファーを除いて夫が誰かに相談したとは思えません」

「なるほど、ミスター・ボールは根っからのリーダー気質なんですね。火事がなかったら年越しの時にどういう流れになっていたでしょう？　例年通りになったと思うのですが？」

「はい。ルパートが何か思いついたりしなければ。通例ですと、年越しが近づいたら皆センターテーブルに集まりグラスをテーブルに置きます。蓄音機から『蛍の光』が流れ始めると、手を交差させるようにして繋いで曲の一番を歌います。それからグラスを持ち、時計が新年を告げると乾杯します。飲み干したグラスをテーブルに置いてから、また手を交差させて曲の二番を歌うんです。これがいつもの流れで、毎年同じなんですよ」

「あいにく今回は違ったかもしれませんね。ご主人がグラスを持ち――」

メアリーは震えた。「わかっています、警部補。必ず防がないと――二番目の計画を。絶対に防いでいただけますね」

「最善を尽くします。大変な重圧ではありますが」

第六章　警察の保護

一

死因審問は二時間十五分で休会となった。検視官はバーマン警部補の求め通りに過不足なく進行した。ロバート・レッチワースが飲んだとされる電話機のそばで見つかったカクテルが彼のグラスではなかったと立証されると、記者や傍聴人からどよめきが起きた。検視官は継続審議が七日後であると伝えた際、気の毒な若者が飲用した毒入りカクテルが本来誰を狙ったものだったのかを確定してほしいと警察に期待を寄せた。

午後五時になるところだった。審問の内容はバーマン警部補がすでに知っている事柄だったが、順序だてて整理する必要のある事実や考慮すべき案件や、今後に備えて捜査計画を考えなければならなかったので、その夜は屋敷へ行くのを控えた。

その代わりにサーペンタイン池の周りを六周した。歩いているうちに些末な点は背後に流れ去って、重要な事柄が鮮やかさを増してくる。バーマン警部補はいままで集めた証拠を何度も考察し、大みそかの夜に何があったかはっきり映像化できるようになった——もっともルパートのグラスに毒が混入された様子は別として。それからそのイメージを細かく分け、訊き込みで完全に一致する部分を見極めて矛盾点を探し、単独犯によるものかどうか、不一致がないか模索した。矛盾点はわずかながら残っている。

考え得る結論にいったんは落ち着くのがバーマン警部補のやり方だ。立証されていない段階でも考慮し、今後の展開を考える。このやり方に則って、どんな犯人像が考えられるか細部まで追及するのだ。そして再び立ち返り、際立っている矛盾に集中する。慎重に検証して解決の鍵と見極められれば、謎だった事柄もすみやかに説明がつくのである。

推理が正しければ毒物混入犯が自ずと明らかになる、バーマン警部補はそう信じている。だがその一方で、裏付けとなる証拠がなかったり、殺人を犯すに足る動機を提示できなかったりするといった状態で、裁判官や陪審に捜査結果を提示するのは難しい。現時点では逮捕は論外だ。そして犯人確保なしでは、第二の犯行計画が妨げられたとミセス・ボールに報告できない。

そう考えると警部補は気が重くなった。本件は単なる殺人犯探しではなく、早晩必ず起こるであろう第二の犯行を防ぐという重要性を帯びている。第二の犯行は警察の審問終了がはっきりするまで延期されている、という今朝の推理は理に適っているが、はたして犯人は同じ考えだろうか？　狂気をはらんでいるからこそ謀殺という行為に至るのだ。錯乱した中で論理的思考などできるのか？　危険を顧みないかもしれないし、取るに足らぬ動機の可能性もある。すでに犯行に手を染めた人物が味を占め、準備もそこそこに第二の犯行に及ぶかもしれない。捜査の行方が犯人の計画に逆に作用して、捜査が表面化する前に犯行に及ぶかもしれない。

その場合、第二の犯行は時間の問題だ。今夜起こるかもしれない。そして犯人像を絞り始めている現段階では犯行を阻止することができないのだ。

警部補は池の縁のベンチに腰かけてパイプに火をつけると、夕暮れの冷え込みをものともせずに、改めて事件の全体像を振り返った。犯人の人物像に迫り、求められる強力な、だが現時点では定かではない動機を想定し、年越しパーティーという限られた状況で犯人ならどう犯行に及ぶかを解明しようとした。そして完璧を期すなら、ガレージでの火事なしに怪しまれずに毒を入れるのは難しい――むしろ不可欠だ――と結論づけた。警部補が集めた事実と気になった矛盾点を整理すると、疑念を逸らすために犯人が仕掛けた罠が次々と見えるようだった。

バーマン警部補は立ち上がった。事件の全容がつかめた。自分の推理を確信できる――証拠も動機も解明しておらず現時点では逮捕できないが、手をこまねいているわけにはいかない。第二の犯行を阻止しなければ――今度は手遅れにならないように。

警部補は公園を出るとタクシーを拾った。運転手へ行く先をロンドン警視庁と告げたが思い直し、電話ボックスがあったら停まってくれるよう頼んだ。すぐに警視庁へ電話し、警部補の帰りをいまかいまかと待っていたデイス警視へ報告した。

二

その日の夜、エジスタッドにあるボール家へパトカーで出向いたデイス警視とバーマン警部補は、ミスター・ボールに居間で話を伺いたい、と応対に出たマーガレットに伝えた。

「やれやれ」ルパートは部屋に入るや否や言った。「今度は何です？　またひどい推理が浮かんだんですか？」

警部補が紹介する前にデイス警視が口を開いた。

「ミスター・ボール、わたしは刑事部のデイス警視です。本件についてバーマン警部補から聞きまして、直接伺ったほうがよいと思いました。入手した証拠を確認してバーマン警部補と議論を重ねました。犯人はあなたを狙って毒を混入させた、という警部補の推理を受け入れたと聞きましたが？」

「どんな推理も受け入れたつもりはありません。わたしは――あのですね警視、バーマン警部補には言いましたが、警察の推理自体が納得できないんですよ――誰かに命を狙われているとか、とりわけ犯人が家の中にいるはずだとか。ここに住んでいるのは身内だとご存知だと思います――正確には妻の親戚です。ずっと前から互いに知っていますし、わざわざ言うのも何ですが最近ではみんなの世話も見ています。なのにあなたがたは勝手に乗り込んできて、身内がわたしに毒を盛ろうとしていると言うんですか！　胸の悪くなる話でとうてい受け入れられません」

デイス警視は言った。「ごもっともです。殺人と考えるだけでもひどい話ですし、そのような犯罪の被害者になるとあらかじめ知っている人などいないでしょうから。だからといって事実は変わりません。あなたはすでにある局面に巻き込まれている。何者かがあなたを亡き者にしようとして誤ってミスター・レッチワースを殺したのだとしたら、残念ながらまだ気が治まっていないはずです」

「いったいどういう意味です？」ルパートが噛みつく。

デイス警視が続ける。「何者かが大みそかに殺人を犯そうとし、失敗した。ちなみに、ここで言う犯人は男性、女性どちらでもあり得ます。つまり犯人にはまだ殺意がある。そしてその場合、再び犯行に及ぶだけの理由があります」

「そう思いませんか?」

「なんですって!」

「いや――思わないこともないですが深刻に考えていませんので。事実、警察の話を真に受けてはいませんよ。だってひどすぎませんか。バーマン警部補は家に来ては見当違いな事ばかり話している。今日はさすがに心配になって警部補に言いましたよ。聞かされ続けていたら毒を混ぜられてやしないかと気になってしまいます。でも信じられませんね――だって、どうしてわたしが? 仮にそれが事実なら――仮にですよ――いつか急死するかもしれないじゃないですか! 食べ物や飲み物が毒で変な臭いがするかもしれない。そんなの信じられますか!」

「あいにくあなたの状況はいまおっしゃった通りです。警部補がこちらへ訪問したのは、犯人を抑止し、犯行を延期させる狙いがありました。効果があったかわかりませんし、警部補がいつもこちらにいるわけではありません。この家で事情聴取をするのはあなたの勤務時間帯で、日曜日には行いません。この状況下では毒が混入されたり仕掛けられたりしても――平たく言うと食事時ですね――いつもそばに警部補がいるわけにはいきません。毒物の混入が見つかる可能性が高まっていると知って、犯人は迷っているでしょうね。何しろ刑事が監視している中で毒が効果を発揮するよう仕組むんですから、相当芝居のうまい人物に違いありません! 犯人は尻尾を掴まれるのを恐れて時機を見計らっている可能性もあります。バーマン警部補がここへ一日に二回来てご家族に訊き込みをしているのが抑止効果になっているんです」

ルパートは椅子から立ち上がり、部屋を行ったり来たりした。

「その話は不愉快極まりないですね。毒が効くのを何者かに監視されているなんてぞっとする! 本気なんですか――わたしが飲む物に毒が入っているかもしれなくて、しまいにはあのロバートのようになるなんて？」

「だからこそ、こうして来ていますし――お守りする手立てがないか相談しているんです。当然ながらいくつかの選択肢があります。避難も可能です。ですがお一人での避難になるので、どうしても一時的になります。ミスター・ボール、こう言っては何ですがこの家のすべての人物に――全員に――嫌疑がかかっています。避難なさると決めて誰か連れてゆくなら、犯人の思うつぼかもしれません」

「家を離れるとしたら、妻と娘だけは連れていきます」

「なるほど。奥さんとお嬢さんが容疑者リストから完全に除外された時にそうすれば、いい案でしょうね、ミスター・ボール」

ルパートは部屋の中ほどで立ち止まり、警視をねめつけた。

「まったく！　いい加減にしてください！　そんなことを言われる筋合いはありません」

「言わざるを得ないんですよ、ミスター・ボール。この状況では信じられる人物は一人もいません。ミセス・ボールのご家族を家から追い払ったところで、危険度は変わりません。ミセス・ボールやお嬢さんを追い出すのは難しいでしょうから、危険性は――あくまでも可能性としてですが――残ります。実際にはさらに高まるかもしれません。それでも断固として警告を無視するならご自由に。われわれの忠告に耳を傾けて受け入れるほうが利口ですよ。その間に警察が犯人を見つけますから。少なくとも何人かは容疑者から除くかもしれません、そうすれば捜査も順調に進むはずです」

数分の間ルパートは何も言わなかった。警視や警部補が見守る中、考え込んだ様子で行ったり来たりしていたが、最後に口を開いた。

「その話を受け入れたら、警察はわたしが妻を疑っていると結論づけるんでしょうね。少しも疑ってなどいません。まったくあきれ果てた推理だ。わたしを怒らせようとしているんでしょう。警察に従うとどうなるんです？」

「バーマン警部補がこの屋敷を終日警備します。よろしければいまからでも。警部補はそのために宿泊の準備もしてきています。警部補が常に監視し、毎食事に同席します。キッチンに出入りし、食事が運ばれた時にはダイニングルームにいます。常に屋敷を監視して、事前の連絡なしにいつでも室内の行き来ができると犯人に示します。ミスター・ボール、確約こそしませんが、犯人の毒物混入をより難しく――より危うくできるはずです。つまり――犯行を防げるとは思います」

ルパートは再び黙り込んでいたが、ようやく口を開いた。「わかりました。別にいいですよ。でも警察の思い通りになるつもりはありません。考え直して別の行動を取るかもしれません、たとえば避難するとか。でも警部補にいてもらう分には特に支障はありません」そしてわざとさりげなく、こう付け加えた。「あなたのスープに毒が入っているのを見つけても、文句を言わないでくださいよ。わたしが犯人なら、まずは番犬に毒を盛りますからね！」

第七章　護衛

一

翌朝バーマン警部補が髭を剃り終えた頃、ドアをノックする音がした。

「はい？　何でしょう？」警部補が答える。

「失礼――ルパートです。お話がありまして」

「ああ、少し待ってください。急ぎですか？　数分もしたら朝食を取りに階下へ行きますが。それでいかがです？」

「いや。ぜひいま聞いてほしいのです、警部補。そのまま身支度を整えていてください。話しますから」

「そういうことでしたら」バーマンがドアを開けるとナイトガウン姿のルパートが入ってきた。

警部補は言った。「おはようございます。こんな格好ですみません。昨夜、家の外でデイス警視が待っていて、慌てて荷造りしたものですから櫛を持ってくるのを忘れてしまって。朝食の後に電話をお借りしていいですか、足りない品を持ってきてもらいますので。それでどうしました？」

ルパートはベッドの縁に座ると、伸びをした。「昨夜は散々でした。あなたと警視の言葉が頭から離れず、やっと寝ついたのは日が昇ってからです。あまりにもショックで午前二時頃になっても嫌な汗が引きませんでした。二日酔いになりそうな感じがわかりますか？　いや、わからないでしょうね――まだお若いから。とにかく、よく似た、いやそれよりひどい体調でした。落ち着かず、ひどく心配性になる。言われたことを何度も思い返しましたよ、バーマン警部補。まずあなたの話を短絡的だと思いました。だってそうでしょう。でもそれを証明できません。そして何度思い返しても結論は同じですが、悪魔か何かの仕業なのか、推理の弱点をいまだに見つけられないところを見ると、あなたの話は正しいのかもしれません。どう正しいのか証明できるかわかりませんが。頭にこびりついて離れません。夜明け近くまで汗が引かなかったせいで、腹が冷えてふくらはぎがしびれています。いまでも推理をこれっぽっちも信じていませんが、これまでになく不安なんです。三十分もすれば朝食に下りなければなりませんが、まさか――ひょっとして――毒入りコーヒーが待ち構えていやしないかと気が気ではありません」

「ごもっともです。嫌な状況でしょう。だからこそわたしが急行しました。朝食へ下りるのも仕事の一環です。下で誰も悪さをしていないか確認できます。話してくれて嬉しいですよ、ミスター・ボール。今後の対策を一緒に練りましょう。朝食前に終わらなかったらその後すぐに居間で続けませんか」

ルパートが頷く。「対策を練ればこの苦しみから抜け出せて――」

「まずは予防措置を講じなければ。三食の食事の他に食生活で習慣はありますか？」

「そうですね、平日は午後五時から五時半の間に帰宅すると、午後七時まではハイボールをたしなみます」

「ウィスキーは犯人には好都合です。ヒ素は無味無臭でほぼ無色ですし、ごく少量で死に至ります。だからといって次もヒ素が使われるとは限りません。一般的に殺人犯は同じ犯行方法に固執します。毒殺者は次の犯行時に刃物やレンガなどの凶器を使用するのは稀ですが、同一毒物に執着するわけでもありません。ウィスキーはたいていの毒物をごまかせますし、中には効果を増す物すらあります。わたしでしたら酒は控えますね。帰りにパブに立ち寄るという手もありますが――毎晩同じパブでは困ります」

「たいそうお気楽な対策ですね。勇気づけてほしい、夜のうちに名案を思いついたか訊きたいと思ってここへ来たのに。あなたときたら毒を盛られると繰り返すばかりですね。何を盛られるというんですか――シアン化水素、シュウ酸、それとも？」

「とにかくそんなような物を。それにヒ素を除外したわけではありません。対処法が不明な代物の対策をお伝えしようとしているだけです。あなたの立場でしたら酒に厳重に警戒すべきです。夕食の前にカクテルは？」

「土曜日にはたいてい。あと会食がある時には」

「そういうのも避けたほうが無難です。夕食後にコーヒーは？　それも危険です。砂糖に毒を混ぜた事例があります」

「やれやれ！」

「人騒がせだと思わないでください、ミスター・ボール。犯人が入り込む隙を与えないようにするのが警察の仕事なんです。あらゆる不安要素に備えるしかありません。さあ、階下へ行きましょう。外で飲食した物はすべて場所も含めてリストにして、いち早く教えてくれませんか？『すべて』というのは食べ物や飲み物に限りません、気つけ薬を常用しているのならそれも教えてください。抜け落ちがあると命取りになりかねません」

・・・・・

朝食は居心地の悪いものとなった。午前八時から各人がまちまちに食べるので、バーマン警部補はそのたびに朝からボール家にいる理由を説明した。昨夜、警部補が護衛すると決まった頃には家族はすでに寝室にいたので、バーマンの滞在を知っているのは、ルパートを除くとメアリーと、床に就く直前に警部補のための部屋を整えるように命じられたマーガレットだけだった。そして護衛について説明があるたびに同じやりとりが交わされた。「だからといって――」「ああ、でも本当に必要でしょうか？」「なんですって！　そんなに深刻なんですか？」「まあ、父さん、そんな――警察は何も本気で――」「ばかげている。いまは安全なはずだ！」「納得がいきませんね。何て言ったんですか？　警察が護衛なんて？」

それらの説明にルパートも少し協力した。まず姿を現したアースラには、万一にも身の危険がないように護衛の必要があると警察から言われた、と説明した。そして彼女が怖いとか信じられないとか騒ぐのをよそに、彼の視線は、コーヒーセットをサイドボードに置いて、ポットからカップへコーヒーを注ぎ始めたマーガレットへ向けられていた。ルパートのカップは二番目だったが、女中の体がカップを隠すような位置になるとルパートはすかさず立ち上がり、コーヒーを注ぐ様子がよく見えるようテーブルの端へ移動した。コーヒーカップを手渡されるとルパートはじっと見てからスプーンでかき混ぜて、こうつぶやいた。「砂糖が多すぎる」そしてカップを脇へ避けると、一分ほどしてから立ち上がり、自らサイドボードへ行って新たなカップにコーヒーを注いだ。そしてバーマンをちらりと見て、警部補が頷くと、ためらいがちにカップを口元に近づけて一口飲んだ。

朝食が終わると――ルパートは小食だった――彼とバーマンを除いて皆椅子から立ち上がった。ルパートは言った。「今日は出かけるのが遅くなる。警部補と少し話があるんだ。メアリー、邪魔しないようマーガレットに伝えておいてくれないか」

二人きりになると彼は言った。「まったく！　実に嫌なものですね、警部補。このままやっていけるか自信がありません。どうしたら物騒な事態になっていないと判断できるんです？　急には効果が出ないかもしれません――少なくとも、ロバートには効果がなかったように。確か警察の話では、彼が服毒したのは午前零時二〇分でしたね？　そして床に就いてすぐに具合が悪くなった――午前一時頃だと思います。つまり四十分後です。四十分ですよ。それより長くかかったかもしれないとは思わないんですか？　わたしが午前中無事でいるとどうしてわかるんです、これから具合が悪くなるかもしれないのに？　考えるだけで気が変になりそうだ！」

「あのコーヒーは安全だと思います。全員が飲んだコーヒーポットからコーヒーをあなたが手ずから注いだ。今朝に関しては心配無用ですよ、ミスター・ボール」

「言うのは簡単ですが」ルパートが声を大にする。「狙われているのはあなたではないでしょう。誰かの態度が不自然なら教えてくれますか」

「もちろんです。ひどい状況ですね、否定はしませんよミスター・ボール。でもこれを聞けば気が楽になるはずです。われわれは現状を理解し、あなたが違和感を覚えたらすぐさま催吐薬と油入りの湯で解毒を行います。以前、毒物事件を担当したので解毒については多少知識があります。ミスター・レッチワースが亡くなったのは、対処法を心得ている人がおらず、医師が到着し毒物を疑うまで重曹より有効な物質を摂取できなかったからです。それで手遅れになりました」

「気が楽になると言われても、あまりそうは思いませんね。毎食後に催吐薬と油入りの湯を飲めとでも？　勘弁してください、警部補。こんな調子でいつまで続ければいいんです？」

「実はわたしにもわからないんですよ、ミスター・ボール。あなたが出勤している間もここで事件の捜査を続けます。手掛かりを見つけたら全容が解明されます。みすみす犯人を取り逃がすような真似はしませんから安心してください」

「どうですかね」ルパートが鼻で笑う。「いまのところは地獄を免れているわけですか。わたしはこれからシティーへ行くんです。ヒ素は最長で何時間後に作用するんですか？」

二

一〇時三〇分にルパートが出勤するとバーマン警部補は居間へ行き、呼び鈴を鳴らして女中を呼んで、アースラに来てもらうよう頼んだ。

五分後に部屋へ来た彼女は、帽子とコートを身に着けていた。

「ちょうど出かけるところだったんです、バーマン警部補。でも何かできるのなら――」

「捜査にご協力いただけると大変ありがたいです」

「当然ですわ。あいにく、お役に立てるような話はできないかと思いますが。ロバートが亡くなっただけでひどいのに、いまはもう恐ろしくて。朝食の時の義兄を——ミスター・ボールを——ご覧になりましたか？　もう気の毒でたまりません。手を震わせてひどいありさまでした。命を狙われているとわかっているのですから。朝食に来たのは勇気があると思いましたよ」

「確かに青ざめていましたね。だからこそ犯人をできるだけ早く見つけなければなりません。アーラさん、ミスター・ボールをお好きですか？」

唐突な質問にアースラは驚いた。「義兄を？　もちろん好きですよ。とてもよくしてくれますから。うちの家族が最近ここで世話になっているのはご存知ですか？　リチャードが事業に失敗したと聞くと——子供二人は大きくなっていましたが、それでも大変でした——義兄は一家で屋敷へ来て好きなだけ滞在すればいい、と言ってくれました。家族全員ですよ。彼にとって相当な出費に違いありません。もちろんわたしもできるだけ節約しています——誕生日に息子がプレゼントしてくれた物以外は一年ほど新しい服も増えてませんよ、だってわが家はお金がないんですから。すべて支払いに回して家財道具も持っていかれました。でもルパートは本当に優しかった。彼はとてもいい人なんです、バーマン警部補。ずいぶん負担がかかっているはずなのにとても気前がいいんです。それにわが家は彼の直系じゃないんですよ、メアリーが夫の姉だというだけで。義兄はとても寛大で親身になってくれます」

「ミスター・ボールは気前がいいですか？　わたしとしては——」

「もちろんですわ、バーマン警部補。多少いらついている時もたまにはありますし、滞在も十か月近くになっていますから、そろそろ家族三人で住みたがっている頃だとは思います。でも週末滞在の客にするように朝食の時にはいつでも『おはよう』と声をかけてくれますし、クリスマスや大みそかにはパーティーを開いてくれます——今回はそれが悲劇を生みましたが、義兄のせいではありませんから——それに息子の身なりが少しみすぼらしかったのを見かねて、新しいスーツを買うよう小切手をくれるところでした」

「すると息子さんは小切手を受け取らなかったのですね？」

「ええ。貰っておけばいいのにと思いましたが、息子は自尊心が強いんです。伯父さんの厚意を受けなさいと諭しても訊く耳を持たなくて——若者は愚かで頑固ですね、バーマン警部補。もっとも息子は父親の破産には動じず、自分の稼ぎで暮らす決意をしています。いい子なんですよ」

バーマン警部補が切り返す。「ですが息子さんはミスター・ボールが好きだとは思えませんね、アースラさん。娘さんもそのようです。あなたのお義父様も同様に。実際、寛大なミスター・ボールは世話している人たちから人気がないように見受けられますね。その理由は——そうですね、彼は右手のしていることを左手に告げすぎている、といったところでしょうか。あなたがたご家族が彼に頼っている事実を、しょっちゅう強調するのでは？」

アースラが大きな声を上げる。「まあ、でもそれが事実ですもの。それを義兄は承知しているわけです。もっともわたしたちに自覚が足りないと思っているでしょうが。彼はさぞ辛いと思います——家に人が多くいるとメアリーと二人きりになろうとしても難しいでしょうし——わたしたちの世話をしている甲斐があるとは言えません。あなたは独身なのでしょうね、バーマン警部補？　もし結婚していたら、伴侶と二人きりでいる大切さや、第三者に邪魔される腹立たしさがわかるはずです。わたしたち夫婦は二人だけの時間が持てなくて寂しいです。自宅なら当たり前だったプライバシーがないんですから。だから義兄にすまないと思って、彼の態度に納得しています。もちろん、できるだけ彼の邪魔をしないよう心がけて――少なくともわたしは迷惑をかけないよう気をつけています。ルパートは寛大にも助けてくれているんですから」

アースラが一呼吸しようと話を区切ったので、バーマン警部補はすかさず割り込んだ。警察の任務の辛いところだが、対象の話を促す必要がある。手掛かりを聞き逃さないよう、無理にでも話をさせなければならない。もっともアースラは促す必要はないが。

「おわかりなんですね、ミスター・ボールが家族水入らずで住みたいと思っているのを。そうお考えになるには何か理由があるんですか？　はっきりそういう趣旨の発言がありましたか？」

「まあ、そんな。義兄は何も――一度か二度、義父が騒いだ時に口を滑らせたくらいで、本気ではないはずです。だって本心なら言われたほうは傷つきますからね？　でもきっと思ってはいるでしょうね――だからこそ――」

「ええ、でも」警部補が割り込んだ。「それも憶測なのでは」

それまでは、たとえるなら途切れることのない穏やかな流れにいるようだったアースラだったが、流れの中ほどに急に大岩が落ちてきたために落ち着きがなくなり、泡立つ小さな波が生じたらしかった。故意に大岩を投じた警部補は、彼女の中に次第に怒りが湧く様子を注視した。

アースラは言った。「憶測ではありません。夫が就職口を断った時義兄はとても不愉快そうでした。最終的には――六週間ほど前ですが――怒っていました」そしてすかさず付け加える。「それも仕方ありません。だってわざわざ友人たちにリチャードの就職先を世話してもらったんですから。夫は時機が来ればもっとよい働き口が見つかるはずだから、と断ったんです。夫は非常に優秀ですから、誰にでもできる仕事に就いたら宝の持ち腐れになるところでした」

「六週間前ですか。すると、一一月末ですね?」

「はい。夫に一二月一日から働くようルパートは勧めました。それにわたしたちが住むフラットも探してくれたんです。もっともそこは狭すぎて息子の個室が取れなかったので、引っ越したら息子は一人暮らしをするしかありませんでした。それでは息子のためになりませんからね? リチャードに紹介された仕事は非常に役不足でしたから、夫から断ったと聞いた時には賢明だと伝えました。このまま厄介になっているわけにはいきませんし。夫はもう少しすれば運も上向いて――」

「確かにご主人は賢い方です」バーマン警部補がすかさず口を挟む。「ですがミスター・ボールは気分を害した。そのままずっと機嫌が悪かったですか?」

「いいえ。義兄は少し不快感を示しただけでした。もっともだと思いますよ、それも一時間か二時間ほどでしょうか。でも全員で夕食の席に着いた時わたしは少し神経質になりました。だって変に勘繰りたくなかったですし――ルパートには家族でよくしてもらっているのですから――。彼は立派でしたよ。冗談交じりに、わたしたちが車椅子を使うようになってもガレージには十分余裕があるから、ずっとここにいてくれて構わない、と言って」

「なるほど、ひねりが効いていますね。さて、お引き留めしてすみませんでした。散歩にお出かけになるところでしたね、それともお買い物でしたか?」

・・・・・

しばらく屋敷の中をぶらついて数多くある部屋の様子を見ていたバーマン警部補は、踊り場の窓から敷地内の車道に佇むリチャードの姿を目に留めた。作業員たちが焼け焦げたガレージからロバートの自動車の残骸を回収する様子を見ているようだ。警部補は帽子とコートを身に着け、あたかも散歩に行くかのように外に出ると、リチャードに呼びかけた。

「どうも。少し体を動かしたくなりまして。ご一緒にいかがです？　この辺りには土地勘がなくて。見どころを教えてくれませんか？」

「あと一時間もすれば昼食ですよ」リチャードが言う。

「散歩にはそのくらいで十分ですよ。内々にお話しできるなら一石二鳥ですし。でも昼食の後にしますか、わたしはどちらでも構いませんが」

「いいですよ、コートを取ってきます」

荒野へ抜けるペントランドウッドパークを歩く間リチャードは口数が少なかったが、警部補はリスや森から調度品や家具、銀製品へと話題を変えていき、ようやく電気メッキにまで話を持っていった。

「それがあなたのお仕事だったんですよね？　戦時中の最初の鉄かぶとは、コース料理用の皿としてシェフィールドで製造された物だったというのは本当ですか？」

「そうだったと思います。わたしが働く前のことですが。休戦《ジ・アーミスティス》後に仕事を始めたものですから」

「すると戦後景気を味わってから大恐慌に見舞われたんですね？」

「はい、嵐を乗り切れるかと思いましたが、頭の固い融資者が信用してくれず経営破綻しました。父の骨董品店も会社経営ではなかったのであきらめるしかありませんでした。債権者には金から何から、身ぐるみはがされましたよ」

「そしていまは再起を図ろうとしているんですね？」

「ええ。すぐにでも。業界自体は日に日に持ち直しています。機が熟するのを待つばかりです。まもなく上向きになるはずですから」

「当座しのぎの仕事を断るほど、機会を逃したくないんですね？」

「義兄の口利きで働いても、事務員で薄給でしたから」

「悪くないじゃありませんか、それからご自分の事業を始めれば。まあミスター・ボールがそこまで見越しているとは思いませんが」

「確かに」

話が続くかと思っていたが当てが外れたので、痺れを切らして警部補は話しかけた。「ミスター・ボールが世話した仕事は悪い条件ではなかったのでは。将来性があったかもしれませんね。一二月からの勤務だったとか」

「六年か七年働いても年収は四百ポンドでしょう。それ以下かもしれません。なのに悪い条件ではないと？」

「金額だけなら問題があるとは思えません。その点でミスター・ボールと折り合ったのですか？」

「十分に」

「彼はよいご友人に恵まれているんですね？　そのうちの誰かがいい話を持ってきてくれるかもしれません」そこでバーマン警部補は急に口をつぐんで腕時計に目をやった。「そろそろ時間ですね、また場を改めましょうか？　それにしても、仕事を引き受けたほうがボール家とうまくいくんじゃないですか？」

「ここが近道です」リチャードが言う。「ええ、その通りですが、そうすると後がなくなる。ルパートに首輪をはめられてリードで引かれるようなものです」

警部補は笑った。「少なくとも散歩には連れていってくれますよ。犬小屋にずっといるのを期待してはいないでしょうから」

「リード付きで連れ出されて、どこへでも行ってしまえと放されるのが関の山です。ルパートは家族だけで暮らしたいはずですよ」

「仕事を紹介された一一月末に、彼にそう言いましたか?」警部補が尋ねる。「屋敷はあの地平線の向こうですよね?」

「はい。そうですね、ルパートにそんなようなことを言いました。気分を害したようでしたね」

「でも根に持たなかったのですね?」

「ええ。むっとした様子でいなくなって半日姿が見えませんでしたが、戻ってきてからは割と親切でしたよ」

「考え直したのでしょうか? ミスター・ボールはそういう人物ですか? つまり、かっとなるけれどすぐに気が変わるのですか?」

「そうでもありません。たいていは一週間ほど引きずります。でもあの時は違いました。夜には謝罪《アメンドノラブル》(フランス語で「公的な謝罪」の意)してくれましたよ。いや、実際に謝られたわけではありませんが、一緒にビリヤードをして少し皮肉を言われたくらいで済みました」

「かっとしたかと思うとすぐに後悔する人を多く知っています。血の気が上ると気が晴れて、正気に戻るんでしょうね」

「ああ、確かにルパートはそういうタイプです」

・・・・・

昼食後バーマン警部補はメアリーに声をかけた。「ミセス・ボール、昼寝をなさいますか？　まずお話を訊かせていただいても？」

昼食後で居間は出入り自由にしたほうがいいので、と説明しながらメアリーは警部補をモーニングルームへ案内した。いつもは居間で食後のコーヒーを飲み、その後メアリーの両親は二階へ上がり昼寝をする。「娘たちは自室に引っ込みますし、弟夫婦はだいたい散歩に行きます。これくらいの大所帯になると、思い思いに過ごしている家族を把握するのが重要なんです。皆が顔を合わせるのはたいてい夜ですね」

「わたしがいるのを気にしないでください。護衛としての勤務ですから」

「もちろんとてもありがたいと思っています。本当に――ルパートを危険から守れるとお思いですか？」

「どうでしょう。現時点ではミスター・ボールは護衛として二、三日の滞在を認めてくれているだけですのでね。でも次第に状況を把握していると思います」

「ぜひ滞在していただかなくては。とても不安なんです、警部補。昨日はほとんど眠れませんでした。用心するくらいしかできません。もし何か――起きたら、そして夫を守り損ねたら、悔やんでも悔やみきれません」

「守り損ねはしないでしょう。ですが睡眠不足はいけませんね。何かご心配でも？」

「家族についてです。それに夫にもしものことがあったら――」

「ミセス・ボール、ご自分を責めているんじゃありませんか？　あなたの義妹《いもうと》さんはそのようです。自制心を失って乱暴な言葉を口にしていました。奥さんはもっと冷静だと思っていました。ご主人との口論の後、悔やんだりしますか？」

警部補を見つめるメアリーの眼差しは驚きから憤りに代わった。「喧嘩などしませんもの」冷ややかに言う。

バーマン警部補が微笑む。「たいていの奥さんはときどきしますがね」

「わたしはしません」

警部補が切り返す。「そうですか？　まあ余計なお世話ですがね、ミセス・ボール。ところで一一月最終週のご主人との会話について話していただきたいのですが。覚えていらっしゃいますか？　友人の世話してくれた仕事に就くべきだとご主人が言い、弟さんが断った件です。そっけなく断られてご主人はさぞ不快だったたと思います。特に親戚家族を滞在させるのに疲れていた頃でしたから。だから家族だけで暮らしたい、とあなたに言ったのでしょう」

怯えた表情でメアリーが両手を握りしめる。「どういう意味です？」

「おわかりでしょう、ミセス・ボール。ご主人と喧嘩をしないとおっしゃいましたね。たいていの人が喧嘩と呼ぶものを一一月末にしたはずですよ。ご主人があなたのところに来たはずです。リチャードに仕事を紹介したが断られたのでこれ以上世話をする義理はない。リチャードとアースラ、イヴリン、レックスにはとっとと出ていってもらいたい、と言われたのではないですか。あなたは首を縦に振らず、弟一家を世話し続けると主張した。それこそが世間でいう喧嘩です。そして最後にはあなたの言い分が受け入れられた。ミスター・ボールは仕方なくヴァーミンスター一家の滞在を許しましたが、決して快くそうしたわけではなかった。ミセス・ボール、実際にはそういうことだったんじゃないですか」

メアリーはまだ血の気がなかったが、しっかりした声で話し出した。「確かに夫はそう言いました

し、弟たちを引き続き滞在させてくれと説得しました。ですが喧嘩ではありません。夫婦間ではしば

しば最善の策に関して意見が分かれますから、話し合いが必要になります。夫は最善策に関してもろ

手を挙げて賛成したわけではありませんが、熱心に頼んだら折れてくれましたよ」

そして笑みを浮かべてこう付け加えた。「夫婦で意見が食い違ったら、どちらかが譲歩しなければ。

夫は愉快ではなかったでしょう。だからといって喧嘩ではありません。いつも夫はどんな願いでも受

け入れてくれます」

「すると、弟さん一家を路頭に迷わすのはあなたが反対だとご主人はわかっていたのですね。でもか

なり不機嫌だったのではないですか？」

メアリーが答える。「それも仕方ありません。頼みを聞き入れてはくれましたが、家族三人で暮ら

したがりました。当然だと思いますし、そうしたいのは山々でしたが、だからといってリチャードを

外に放り出すわけにもいきません」

バーマン警部補はまたしても鎌をかけた——隠されている情報を引き出すのにしばしば効果的な方

法だ。「その後ご主人が話を蒸し返して話し合いになり——喧嘩ではありませんよ、ミセス・ボール、

話し合いが白熱したけれど——最後には収まった。ご主人は不満が募って——しょっちゅう——根に

持つようになったのでは？」

「まさか、夫は根に持ったりしません。そもそも喧嘩という解釈が間違っています」

「ふむ。言いかたを変えましょう。ミスター・ボールはその話題を何度も口にしますね？」

「何度となく話しています。一緒に解決策を見つけたいと思っていますが、弟の仕事が決まらなければどうにもなりません」

警部補が後を引き継ぐ。「そしていままでのところ、弟一家の滞在をご主人にうまく納得させているわけですね。でもそのうち事態が変わるはずです。あなたの意に反してミスター・ボールは弟さん一家を追い出すでしょう。その後、あなたのご両親も見捨てると思います」

「まさか！　夫がそんなことするもんですか」

「あなたが説得するからですか？」

「はい」

話し相手を注意深く観察していたバーマン警部補は、この家の中ではメアリーが一番毅然としていると判断した。表面上は決してそんな素振りは見せない。ふだん接する分には、むしろアースラをおとなしく理性的にした印象だ。だがさらに深く踏み込むと、人が変わる。冷酷といえるほど頑固だ。

一瞬のうちに頭を巡らせた警部補は間を置かずに尋ねた。

「どのように？」

「どのように、ですか？」

間を置いたのはメアリーだ。質問に困惑しているようだ。時間を稼いでいるのだと警部補は思った。

「ええ、ミセス・ボール。ご主人が極端な行動に出ようとした時、阻止するとおっしゃいましたね。どのように止めるんです？」

メアリーが微笑む。時間稼ぎの理由が何であれ、功を奏したようだ。「そういう面では女性は弱い立場ではないんですよ、警部補。男性、特に夫というものは虚勢を張るものです。もう決まったことだと大げさに騒ぎ立てます。女性はひけらかしはせず、静かに耳を傾けて求めるものをしっかり手に入れるんです」

「なるほど。つまりミスター・ボールがはったりをかけているとお思いなのですね？」

「おっしゃるほどではありません。でも男性は肉体的には強くてもたいてい臆病です。妻を恐れない男性にはめったに会わないのではないですか、警部補。ふだんは素振りにも見せないのが――男性のはったりです。でもいったんそれが露になると、とたんに崩れます。古いことわざに、妻は夫を指に絡ませることができる（妻が夫を意のままにあやつる、という意味）というのがありますが、それと同じです。男性陣は不屈の精神に欠けていますね」

「ほお」バーマン警部補は任務を果たすため、その心理学的意見をいったん棚上げした――この仕事が終わって毎晩早く帰れるようになったら、フィアンセのドロシー・ペティグルーと話し合うとしよう。「すると、意見が食い違ってご主人に無理強いされそうになっても、心配なさらないんですね？」

「ええ」

「でもご主人は引かないのでは？」

「そうですね。いざとなったら女性が勝つと言ったのは、言葉で夫を止められるという意味ではありません。それは無理です。男性がどなると却って後々に面倒なことになります。夫が毎週のように弟一家の滞在について話すのは仕方ありません。あんまりしつこい時には、『確かにそうね、でもいまはその時機じゃないと思うわ』と言います。それが夫婦の間で議論を終わりにする合言葉です。夫は怒ってその場を去りますけど、ウィスキーを飲んで頭を冷やすと次の一週間まで落ち着いていますよ。

警部補、わが家の秘密を打ち明けましょう。いろいろご存知でしょうが知っておいていただきたいので。わたしたちはよく喧嘩をしているわけではありません。二十年近く連れ添った夫婦だからこそ完全に理解しあっているんです」

「そうですか、ミセス・ボール。ですが、あなたがおっしゃるミスター・ボール像が他の方々が話す人物像やわたしの印象とずいぶん違うとお気づきなのではないですか。奥様の話では、ご主人はおとなしくて規則に従って『イエス』『ノー』を言うように聞こえます。ふだんのミスター・ボールの印象とは違いますね」

「男性は妻の前では別の顔を見せますから——それこそ本性を」

第八章　怯え

一

午後五時三〇分、勤務先から帰宅するルパートの姿を玄関ホールの窓から見つけたバーマン警部補は、彼を出迎えた。

「何か症状は出ていますか？」警部補が尋ねる。

「いいえ警部補、でもひどい一日でした。毒のことが頭から離れません。それにこれから二日間——土曜日と日曜日は——休みなので、食事はすべて屋敷で取ります。何も口に入れられませんよ、困りました。いつまでこれが続くんです？　どうにもなりませんか？」

「残念ながらまだ。一つ二つあった疑念は確信に変わっているので、推理の正当性を信じてはいますが、すぐに解決とはいきません。犯人の動機がわかれば進展するんですが。ミスター・ボール、あなたは一部の人の間ではあまり評判がよくありませんね。中にはあなたからの仕打ちを恐れている人もいます。殺人の動機に足るほどかどうかは疑わしいんですが」

「『仕打ち』とはどういう意味です？　いったい誰です？　全員の衣食住の面倒を見ているというの

に？」

「おっしゃる通りです。でも嫌々そうしているのではないですか。愛情からでも窮状を見かねてでもないでしょう。ミセス・ボールの親戚で、面倒見てくれと頼まれているから無碍《むげ》にできないんですね」

「だとしたら、どうだというんです？　何も自分を太っ腹の典型だと思っているわけではありませんよ、警部補。でもいやいや行っていたって構わないじゃないですか。むしろ大事なのは、何をしているかです。金を他に回したいと思っても家に入れているんです。神のみぞ知る、ないがしろにされがちな奉仕を人知れず行っているんです。その辛さをわかってもらえたら、もう少し感謝されるはずなんですけど」

「それはごもっともです。でも受け入れてはもらえないでしょうね。あなたの気が変わるのを皆恐れていますから。恐怖を感じているんですよ、ミスター・ボール。あなたの手心一つで、彼らは路頭に迷います。だからあなたの気が変わらないよう、ミセス・ボールに家を切り盛りしてもらえるようにする立派な理由があるんです。そうは言っても、それが殺人の動機になるかは疑わしい。まだ把握できていない事柄がありそうです。何か心当たりはありますか？」

ルパートが答える。「見当がつきません。わたしが疎まれているという話からして納得がいきません。確かに義父はすぐに食ってかかってくるし――それについては前にも話しましたね――姪や甥はなついてくれません。いいじゃないですか。若者二人と爺さん一人が例外だというだけで、たいしたことではありません」

「でも全員が歓迎されていないとわかっていますし、ミセス・ボールに頼まれて渋々同居を許しているということも知っています」

「ここにいる全員が――」ルパートは言葉を切った。「よくわかりませんね。どういう意味です？」

「再三にわたってミセス・ボールに言っていますね、特にこの二か月ほど。親戚を追い出して自分たちだけで住みたいと。その都度あなたは折れている」

「それですか？　だってそれは――あなた結婚していますか？　独身でしょうね、妻帯者なら反対された時に説得するのがいかに難しいかわかるはずです。説得するにはしますが、地獄ですよ。ここはわたしの城ですが、火を噴くドラゴンに口をつぐんでもらうのは城のためとは言えませんか？　何も妻がドラゴンだというわけではありませんし、火も噴きはしませんが、うまく操れない女性と一緒に住むのは気を使うものなんですよ。だから相手が主張する時には好きなようにさせます。波風は立てないに限りますよ、警部補」

「『火を噴く』とはいささか大げさですね。奥様はそんな方とはお見受けしませんでした」

「もちろんですよ、そう言っているでしょう？　警察はすぐ言葉尻を捕らえるんですね。これじゃあ一言ずつ補足説明が要る。何気ない言葉を深読みされてはたまりません。わたしの希望と妻の希望が食い違う時には、こちらから折れたほうがわが家は安泰なんです。だからそうするわけです」

「なるほど。あなたが妥協しているのをミセス・ボールが知っていると思いますか？　いつかはうんざりしてあなたのしたいようにするかもしれません。そうなると親戚たちは追い出され、奥様が泣いて詫びたところで、後の祭りになります」

ルパートが首を振る。「もっと前に試せばよかったんです。結婚生活が二十年余りともなれば、もう修正できません」

「それはまた、別の話ですね。問題なのは、ミセス・ボールがそう思うかです――奥様は相当気にしているはずですよ。勝ち目があるとわかっていればよいのでしょう。でも奥様は疑っているのでは？　いまはあなたを押し留めているけれど、そのうち難しくなると考えているのではないですか？　遅かれ早かれ弟一家を路頭に迷わすのでは、とか？　ミセス・ボールがそれを阻もうとするとは思いませんか？」

「妻が何をするというんです？」ルパートが嚙みつく。

「それを考えているんですよ。奥様が誰を一番大切にしているかによります――あなたか、それとも弟一家か。もし血の繋がりを大切にするなら――」

「いいですか、この話題はうんざりです。あなたの魂胆はわかっています。メアリーを犯人に仕立て上げようとしている。妻には動機があると言うんですね？　脅かそうとしても、そうはいきませんよ。もう黙っていてください。いいですね？」

警部補は静かに言った。「そんな態度はいけませんね、ミスター・ボール。確かに不自然な状況でしょうが、これは稀なことですから、わたしに黙れと言われても。わたしの発言に異論があるとすれば話は別です。でも黙るだけでは何も改善しません。あらゆる可能性を模索しなければなりませんので。会話を拒否するならこちらの流儀で進めるしかありません。包み隠さずお伝えしたほうがあなたも気が楽だと思いますが」

「それが妻を侮辱するという意味なら――」

警部補が切り返す。「いまの事態を収束させるためにあらゆる手段を模索しています。他の人たちと同様に、この状況は嫌でしょう、ミスター・ボール。護衛を止めたほうがいいですか――自由に夕食を取り——」

「いや、まさか。すみませんでした、警部補。あなたの言う通りです。結局はどうしたって——でもどう事件を解決するんですか。難しいと思いますが、頼りにしています。他に頼れる人はいないんですから。自由に夕食を、と少しふざけておっしゃいましたが、わたしにとっては深刻なんです。事実、町で夕食を取ろうと思って、今夜は外出も考えました。それは問題ないですね？」

「ありませんとも。とても理に適っています。外食をすればするほど危険度は下がります。でもこれからずっと外食で済ますわけにもいかないでしょうし。できたとしても危険を減らしたり先延ばしにしたりするだけで、排除はできません。どうやら毒殺者は意志が固く、欲しいものは必ず手中に収めるつもりらしい。その前に逮捕しますが。危険なのは食事の時だけとは限らないと肝に銘じてください。お願いしていたリストはできていますか？」

「始めたところです。でもそれを手に入れたところで、あまり役に立たないのでは。どんなものをお望みなのかにもよりますが。一週間に口にしたものすべてを書き記せというのなら、恐らくすごい量になりますよ」

「まさしくすべてをお願いしています。たとえば朝歯を磨きますね。そこで水を口に含むわけです。それは水道水ですか、それとも水差しのものですか？」

「洗面台の上の瓶のものです。まさか——その中にも毒が混ざっているかもしれないというんですか？　そして日中コップの水を飲む時にも——チョコレートをつまむ時でさえ、そうだと？　勘弁してください！」

「だからこそリストがいるんです。薬はどうです？　常用薬はありますか？」

「いえ、ありません。朝食前に口をさっぱりさせるためにたまに塩を一つまみ口に入れます。ソーダミントも持っていますが——それは大丈夫ですよね？」

「あいにく、そうとも限りませんね。ソーダミントが瓶の底に溜まると毒と見分けがつきません。安全だと思って取っていると、体内に毒が蓄積される可能性があります。そしてしまいには——！　ですからそういった物も確認しなければ。塩とソーダミントと、他には？」

「うがい薬と、軟膏が少し。瓶入りのヨードチンキもありますね。あとローレル水（月桂樹の葉を蒸して採る液。鎮痛剤などに用いる）——これは眼によく効きます。他に特に飲んでいるものはありません」

「確認してみましょう。薬はどこにおいてあるんです？」

ルパートは寝室の隣にある化粧室へ警部補を案内すると、洗面台の上の小さな戸棚を指差した。

「ここです。この中に、瓶の中身が毒にすり替わっている物があると言うんでしょう。実に不愉快ですね、警部補。わたしも気を張っていますが、ふと気を抜くと辛い時もあります。仕事中はまったく問題ないのですが、自分の立場を思い出すとうろたえてしまうんです。事実、今夜家に帰るのが怖かったですよ。土日の間に何が待ち受けているのかわからないんですから」

瓶のにおいを嗅ぎ、その中の一つの溶液を舌の先に垂らして調べていたバーマン警部補が、振り返る。「先ほど聞いたよりたくさんありますね。いくつかは瓶の首のところに埃がたまっていますから、何か月も放っておいたんでしょう。そういうのは処分してもいいですか？」

「どうぞご自由に。ヨードチンキとうがい薬とローレル水は使いますから取っておきたいんですけどね」

「毒を盛られるより、口の痛みを我慢するほうがよっぽどいいはずです。うがい薬も処分するに越したことはありません。ヨードチンキで歯茎のマッサージをしたりはしませんね？　いっそ家中の薬瓶をすべて回収できるといいんですが。皆さんには警察に押収されたと伝えてくれませんか。常套手段です。不都合が生じる方がいても当面我慢してもらってください」

「でも他人の薬なんて飲みませんよ」

「あなたが飲むとは思っていません。特にいまはそうしないに限ります。警察は記録します。家中の薬瓶をなくせば、捜査の行方が明確になります。今後誰かが新たな瓶を持ち込んだら、戸棚にない物は特に。もちろん監視も怠りません。実はまだ発見に至らない薬瓶も捜索中です。捜査令状はありますから、皆さんが部屋を留守にしている時にいまのような要領で調査しています。袋に家中の薬瓶を回収する予定です。ヨードチンキとローレル水を取っておきたいんでしたね、いいでしょう。薬瓶をすべて押収するので返還してほしい人は申し出てください、と今夜の夕食後に伝えてくれませんか。どんな申し出があっても監視の手は緩めません。薬局で毒物販売登録簿を確認します。この家で何か不審な薬品を購入した人がいたらすぐに判明しますよ」

「わかりました、いいでしょう。犯人が誰であれ、毒物を保持できないと警察が保証してくれるんですね。ロバートの命を奪うだけの力がある毒物が残っていないとも限りませんからね？」

「そうですとも。でもその場合、どこかに隠してあるはずです。精査しているのですが発見には至りません。隠し場所としてどこか思いつきませんか？」

二

午後六時四五分になるとルパートは町へ食事に出かけると言ってきかなかった。彼が一人で出かけるのを見届けるのが重要だと言って、バーマンは地下鉄の駅まで同行した。ルパートが駅のエレベーターに乗るのを見届けると、郵便局で小荷物を発送した。それから電話ボックスを見つけてデイス警視に電話をした。護衛に関する報告をし、日中の案件の調査を依頼して屋敷へ引き返す。提供された部屋へ戻り、夕食を知らせるベルが鳴るのを待った――そして鳴った後さらに五分ほど待った。その後静かに部屋を出て踊り場に立ち、二階に誰もいないのを確認すると、各寝室の調査を再開した。

・・・・・

ミスター・ヴァーミンスターはディナーテーブルの定位置に座って黙ったまま物憂げに部屋を見回した。リチャードは家長の席であるテーブルの上座に移っている。ルパートが見たら、さぞ不機嫌になっただろう。リチャードは不安そうだ。確かにその夜は誰もがいつもと違っていた。長い沈黙はマーガレットがマトン料理を給仕し終えて部屋を出るまで続いた。

だしぬけにイヴリンが言った。「バーマン警部補はどこかしら？」

メアリーが答える。「取り込み中なのよ、きっと。すごくお忙しいでしょうから。いまはまだ邪魔をしないほうがいいわ」

「警部補はいま誰を疑っているんだろう」レックスが言う。

ミスター・ヴァーミンスターが叫ぶ。「まったくうんざりだ。客のように迎え入れている人物から訴えられて――」

「あら、誰も訴えられたりしていないわ」アースラが切り返す。

「言葉にはしていないものの、奴のせいでひどく気分が悪い。実に無礼な態度だ。はっきり言いはしないが、そう考えているのは見ていればわかる」

いつもは食事時にあまり発言しないリチャードだが、家長席にいるためか、いつになく父親に攻勢をかけた。「全員にその可能性があると思っているから、ここに来ているんでしょう。第一いくら嫌だとしても事実ですから。いまはルパートもバーマン警部補もいないから、事件とまっすぐ向き合うべきです。この中の誰かがルパートを殺そうとした――それは覆せません」

「ひどい話だわ」アースラがつぶやく。

「とにかく、ぼくじゃありませんよ」レックスが言う。

「皆そう言うよ、レックス。そして誰か一人が嘘をついている。でもわたしは勘繰るつもりはない。現状で十分悲惨なんだから。バーマン警部補の推理が外れるのを願うばかりだ。いまよりひどくなれば、誰かが殺人で訴えられる」

イヴリンが口を挟む。「でも父さん、誰も殺されたと決まっていないわ」

「謀殺未遂だから似たようなものだよ。言動にはくれぐれも注意しないと」リチャードが父親に向き直る。「父さん、あの警部補に出ていけと言いたいのは承知していますが、だめですよ。彼にはそれなりの対応をすべきです。たいしたことではありません。重要なのは、家族の犯行だという証拠を彼が見つけるかどうかです。赤の他人同士なら、正義感に駆られて警察に協力を惜しみませんが、この状況ではそれは憚られる。誰がルパートに毒を盛ろうとしたかなんてわからないし、知りたくもありません。それに、みんなにも知ってほしくない。特にバーマン警部補には。うすうす気づいても密告などしません。問い詰められても白を切るつもりです。何が起こるかわかりゃしない」

アースラが身を乗り出し、夫の腕に触れる。「子供たちの前ではやめて」

リチャードがいらだたしげに妻の手を振りほどく。「いつまでも子供扱いするんじゃない、責任ある立派な大人だ。わたしとしては、この件では嘘も正当化されると思っている。作り話をするつもりはないけど、必要なら嘘も辞さない。家族を差し出してまで警察に協力するつもりはないよ」

「でもね、リチャード叔父さん」テーブルの向こう端に座るジェニファーが話しかける。「父によると、警察は犯人がまた犯行に及ぶのを恐れているそうですよ」

テーブルの周りからそうだそうだと声が上がる中、ミセス・ヴァーミンスターは身を乗り出し口角泡を飛ばして言った。「それで誰が得をするんですって?」

皆それを聞き流した。

しばらくしてリチャードは言った。「それはわかるよ。でもわたしは犯人を知っても警部補には言わない。それに脅してでも犯人にも黙っていてもらう。警察に話すよりましだろう?」

ジェニファーが切り返す。「でも父を守らないと」

リチャードが畳みかける。「悪く思わないでくれ、メアリー、これはあくまでも推測だ。ジェニファー、きみは母親を疑っていると警察に伝えたのか?」

ジェニファーは視線を叔父から母に移すと、ゆっくり首を横に振った。「あり得ないわ」

リチャードが言う。「誰かが毒を盛ったなんて確かにあり得ない。だがこの中に犯人がいる。だがらって警察に行ってまで嘘をつけというつもりはない。皆頭から事件が離れなくて、特定の人物に疑いを持つようになってくる。わたしとしては、バーマン警部補にどんな憶測も伝えるつもりはないよ。邪魔をするつもりはないが手伝うつもりもない。でも礼儀はわきまえている。そうしないと疑念を抱かせるだろうから。これがわたしの意見だよ。この状況では妥当だろう」

メアリーが口を開く。「もしも——最悪の事態が——起きる可能性があるのなら、避けなければ。リチャード、あなたの言い分はわかるし同感だけれど、ルパートを守らないと。犯人がわかっていたら対処すべきだわ。でもうまくいく確信がなければ——」彼女がため息をつく。「いったいどうしたものやら」

レックスが言う。「警察に嘘をつくつもりなら、ばれるのを覚悟したほうがいいですよ。ムショにぶち込まれるかもしれない」

リチャードが言う。「何も入念な嘘をつけというつもりはないよ。でも誘導尋問されても何も知らないというつもりだ。結局はわたし一人の疑念で、おおやけにすることでもない」そして付け加えた。「事実を捻じ曲げろと言うつもりはない。犯人をかばうために嘘のアリバイを話すつもりもない。でも『あの人はルパートを殺そうとしたと思いますか?』と訊かれたら答えを濁すよ。まさかそんな、とか適当に」

「つまり誰かを疑っているのか?」ミスター・ヴァーミンスターが問いただす。

「そういう質問をしないし答えもしないと言っただけです」リチャードが返す。

「だが——おまえがこの中に——いると思うなら言うべきだ」

リチャードが首を横に振る。「何の役にも立ちませんよ、父さん。平和を願うなら疑いを抱いても口外しないのが身のためです。そうしないと——もう皆察しはついているね」

「わからないわ」ジェニファーが口を開く。

リチャードが言う。「この中の誰かが逮捕されるよ。バーマン警部補が見かけ通りの切れ者ならあり得る。でもそんな事態は望まないし、そう仕向けるつもりもない」

ミセス・ヴァーミンスターが娘メアリーに話しかける。「逮捕までそれほどかからないと警部補は言ってたの？」

メアリーが答える。「いいえ、母さん。でもリチャードは話題にしないほうがいいと考えているの。警部補に先入観を与えたくないから」

ミセス・ヴァーミンスターが言う。「その通りね。あの刑事さんはやけに疑り深いの。アーサーを質問攻めにしていたけど、その理由はお見通しよ。わたしが気つけ薬の瓶に毒を隠していると思っているんだわ。大みそかのゲームの時にめまいがした時アーサーに取ってきてもらった、あの小瓶よ」

レックスが祖母をじっと見ている。「その件で警部補から訊かれたよ。お祖母ちゃんがセンターテーブルに一人でいたかどうか知りたがってた」

ミセス・ヴァーミンスターはゆっくり頷いた。「そうね、しようと思えばできたわ。テーブルに身を乗り出してグラスに触ったんだから」そして孫娘に向き直る。「あなただってそうよね、イヴリン？」

孫娘は顔を赤らめた。「ええ、でもテーブルに行った時ジェニファーと一緒だった。妙な気を起こしても彼女が見ているから——」

リチャードが慌てて割り込む。「もう十分だ。こういった会話こそ避けるべきなんです。メアリー、バーマン警部補を呼んできたらどうです？　呼び鈴が聞こえなかったんじゃないかな？」

メアリーが言う。「イヴリン、呼びに行ってくれない？　わたしはマーガレットを呼んでお皿を代えてもらうから」

・・・・

イヴリンはジェニファーのこぢんまりした居間にバーマン警部補がいるのを見つけた。書棚の前にしゃがんでいる。彼女に気づくと、手に本を持ったまま肘掛け椅子の端に腰を下ろした。

イヴリンが声をかける。「ここにいらしたんですね。ずいぶん探したんですよ。夕食に下りて来ませんか？」

「お待たせしてしまったようですね。わたしの代わりにミセス・ボールに謝っておいてくれますか？　コックのミセス・バーンズにサンドイッチでも作ってもらうつもりでした」

「でもどうして下りてこないんです？　ジェニファーの本が読みたいのなら、言えばすぐ貸してくれると思いますよ」

イヴリンは警部補の肩越しに覗き込むようにして、彼が開いたまま手に持っている本の見返しを見た。

「まあ！　十代の時に化学で賞を取ったジェニファーを犯人にするつもりじゃないでしょうね？　まさか、あり得ないわ」

警部補が立ち上がりながら言う。「これが刑事の仕事なんですよ。たいていは見当外れです。この場所も空振りかもしれないと思いますが、念のために調べなければなりません。でもご想像とは違いますよ。この献詞によるとミス・ボールは一九二九年、十三歳の時に受賞している。とすると彼女はいま二十歳ですか？」

「ええ。今月の一九日に二十歳になります。それがどうかしましたか？」イヴリンは驚きを隠せなかった。

「これも見当外れかもしれません。ところで屋敷にある電話機は一台ですか？」

「はい」イヴリンはキツネにつままれたような顔をしている。

「居間にある電話機の他に内線電話などありませんね？」

「はい」

「なるほど。さあ、できれば一階に下りてセイボリー（英国などで主に食事の最後に出す小料理）にありつければいいんですが。オードブルのようなものですよね。あと五分くらいでわたしが行くとミセス・ボールにお伝え願えませんか？」

イヴリンは訝しげに眉をひそめつつ頼みを聞き入れた。警部補は居間に下りてデイス警視に電話をした。調査結果が出たか尋ねたが、当夜は進展はないと聞くと、緊急事案なので明朝早々に再開してくれるよう頼んだ。

その後ダイニングルームへ行った警部補は、遅刻をメアリーに詫びてから彼女とミスター・ヴァーミンスターの間の席に着いた。バーマン警部補が部屋に入ってきてからは無難な話題に代わってはいたが、いまは皆黙ってあからさまに彼を観察している。一方のバーマンはマーガレットが給仕してくれた温め直したスープを飲み始め、皆の食事の流れに追いつくことだけを考えているようだった。

「やれやれ」ミスター・ヴァーミンスターは出し抜けに言ったが、自らの不用意な発言にうろたえたようで、グラスの飲み物をぐっと飲み、パンくずをテーブルクロスに落とした。

アースラが大きな声で言った。「経過を話してください。これでは生きた心地がしません。義兄は出かけています――家で食事を取るのに耐えられそうにないとメアリーに話したそうです――それももっともだと思いますわ。義兄にはひどく辛い状況ですもの」

「ばかばかしい」ミスター・ヴァーミンスターが叫ぶ。「あんたの推理が間違っとるのがまだわからんのか?」

イヴリンが言う。「バーマン警部補がジェニファーの本を見つけたと話していたところです」

「そうです」リチャードが身を乗り出す。「どういうつもりだったんですか、警部補?」

マトンのオーブン焼きをできるだけ速く食していたバーマンは、メアリーに向き直った。「食事を温め直してくれてありがとうございます。ここに滞在させてもらっているだけでも面倒をかけていると思いますが、どうしても必要な任務なものですから」

メアリーが言う。「警部補、それは十分にわかっています。わたしたちはただ、何が起きているか知りたいだけです。ちょうどいまルパートが不在です――必要以上に夫に警告するのは止めてほしい、と思っていらっしゃるのはわかっています――何かお話があるんじゃないですか――現在の状況とか。何か進展がありましたか?」

バーマンは微笑むと部屋を見回した。「情報がないかとお尋ねですね。ですが現状を打開するには、あなたがたから情報をいただかないと。この数日でこの家について多くを知りました。この家には悪意が存在します。ミスター・ボールはこの国の家庭の日常と言っていました。確かにどの家も似たり寄ったりですが、この家は違います。謀殺未遂が起こり、新たな犯行も予想される。その場合、表向きよりはるかに進行しているはずです。何者かを殺人へ駆り立てるほどの憎しみがあるのです。皆さんはすでにお気づきのはずですが、敢えて口外していないのでしょうね。その理由はわかりません。さらなる殺人でも起こらない限り——残念ながら。少なくともこの中の一人が事実を隠しているのは確かです。恐らく話題に上ったこともない家庭内の秘密でしょう。現状と無関係かもしれませんが判断を要するところです。もはや一家の秘密の範疇を超えた深刻なものとなっています。ありふれたフレーズですが、生死にかかわる事態です。それが現在の状況なんです。警察が阻止しなければ、そのうち二人目の犠牲者が出るはずです。家族の秘密を守るよりも深刻なのだと理解していただきたい。たとえそれが長年にわたり死守されたものであっても。実に念入りに隠されているので、果たして解明が間に合うかどうか」

警部補はいったん区切って、テーブルを見回した。話し始める前にマーガレットは部屋を出ていたので、ここにはルパートを除く家族全員がいる。バーマンの言葉の深刻さが影響を与えたようで、沈黙が一分以上続いた。

それからミセス・ヴァーミンスターが大きな声で言った。「刑事さんは何て言ったの？　聞き取れなかったわ」

するとレックスがタバコに火をつけながら敢えてさりげなく言った。「ぼくには秘密なんてありませんよ。不平は打ち明けましたからね？　それにみんなの不満もそれこそ全部知っているんでしょう。残念ですが力にはなれませんよ、警部補。何か秘密があるなんてばかげていると思いますが、あいにくぼくは無関係ですよ。話すことは何もありません。ここに来てたったの十か月ですからね。妹も同じです。何か知っていたら話しますよ。そうだろ、イヴリン？」

妹が頷いた。

リチャードが椅子を後ろに引きながら言う。「あいにくわたしも協力できません」ケースからタバコを取り出しながら部屋を出てゆく。

アースラが言う。「あら、わたしはてっきり――」そして口を閉じると夫に続いて出ていった。

ミセス・ヴァーミンスターが繰り返す。「刑事さんは何て言ったの？　知りたいわ」そして立ち上がってメアリーの隣に座った。

ミスター・ヴァーミンスターは飲み物をまたグラスに満たしている。「何の話かさっぱりわからん。もっとはっきり言ってくれんかね？　秘密など見当もつかん。何を知りたいというんだ？　警部補の話がわかるのか、メアリー？」

「残念ながらわからないわ。あまりにも漠然としていて。何かが夫に悪く作用しているとおっしゃるの？」

バーマン警部補が答える。「この家の何かしらがミスター・ボールに影響を及ぼしていると思います。ですが何を知りたいのかは説明できません。自分でもわからないのですから。でもとにかくご協力いただきたい。危機がそこまで迫っています」

警部補がジェニファーのほうを向く。「わたしの話を聞いて、まだ話していなかったことがあると改めて思うのでしたら、非常に助かるのですが」

三

午後八時過ぎに帰宅したルパートはビリヤード部屋へ入ると呼び鈴でマーガレットを呼び、バーマン警部補を呼ぶよう命じた。

バーマンが来るとルパートは大きな声を上げた。「ああ、来てくれましたか。実は一人で外食をすれば安心だと思っていたんですが、当てが外れました。どうもよくありません。耐えられないんです。考えるだけでだめなんですよ。レストランに一人でいて——耐えられなかった。結局食事を途中で切り上げました。この家が危険だとはわかっていますが、少なくとも話し相手はいる。それがあなただけだとしても。嫌味で言っているわけではありませんよ、とにかく落ち着かなくて。ところで何か進展は？」

「残念ながら、いまのところは何も」

「仕方ありませんね。こちらはただただ待つのみです。いま欲しいのはうまくて強いウィスキーですね。でも飲んではいけないんでしょう？　他の飲み物も。そういえばレストランで心配になりましたよ。以前読んだ探偵小説を思い出したんです。そういうのはめったに手に取らないんですが、その本は読み応えがありそうだったんでね。さっき思い出して、また不安に襲われました。犯人が登場人物に毒を盛ろうとして、入手した毒をペースト状にし——細かい所はあいまいですけど——水道の蛇口の内側に塗りつけるんです。それで登場人物がハンドルをひねると毒が溶けてコップの水に入ってしまう。考えるだけで恐ろしい！　水すら飲めないんですか？」

「どうでしょうね。その手口は初耳です。科学的に可能なのかわかりませんし、すぐ発見できますからね？　蛇口の先の内側に触れてみて――」

「ああ、それくらいわかってます。確かに突き止めやすいです。でもその手のことがいくつもあったら避けようがないと思うと心配でなりません。飲まず食わずでいるわけにはいきませんが、毒が入っていたら――警察に打つ手はないんですか？　この状況はひどく辛いですよ！」

「ミスター・ボール、手は尽くしています。地道に聞き取りを進めていて、これまでは――この二日間で事件の根本に辿り着けたかどうかというところです」

「そうですか。とにかくお願いしますよ。あなたが頼りなんです。このままではどうにかなりそうだ。耐えられそうにありません」

・・・・

午後九時にルパートが立ち去ると、バーマン警部補は二階へ上がりジェニファーの居間のドアをノックした。

「どうぞ」聞こえてきたのはレックスの声だった。

どうやらジェニファーとイヴリン、レックスは密談中だったようだ。女性たちは肘掛け椅子に座り、レックスは窓の下枠に寄りかかっている。バーマンも加わって室内の人数が四人になると、こぢんまりした部屋は窮屈になりそうだった。

「第一調査官ご登場！」レックスが叫ぶ。「入ってください、警部補。このソファーは手作りなのでお薦めしません、壁に寄りかかるのが無難です。お待ちしてましたよ。いつもは鎌をかけてもすぐにかわされてしまいますからね。さっきジェニファーにあいまいな言い方をしたのはどういう意味だったんだろう、という話になって、勇気を出して警部補に訊きに行こうと思っていたところです。ジェニファーは質問には何でも答えてくれますよ」

バーマンは遠いほうの窓の枠下に寄りかかり、女性たちの正面に、そしてレックスの左手の位置に落ち着いた。「訊きたいのは単純にミス・ボールが何か知っているかどうかです。わたしに話さないでいる事柄を、ご両親以外の方々にも秘密にしているのではないかと思って。それが何かはいま問題ではありません。まずはっきりしておきたいのはミス・ボールがそのような秘密を知っているかどうかです」

「何も知りません」ジェニファーが言う。

「二人だけで話しませんか」バーマンが提案する。

レックスは察して陽気に言った。「そうしろよ、ジェニファー。告白の場からぼくらは失礼するよ」妹と共に立ち去ろうとするレックスの袖をジェニファーがつかむと、彼はその手を押しやってドアに向かった。

ジェニファーが言う。「行かないで、レックス。無意味なの。打ち明けることなど何もないのよ。警部補が何を訊きたいのか見当もつかないわ」

「お母様かお父様から何か聞いていませんか――それこそ身に危険が迫るまでは、わたしのようなよそ者には話さないような秘密を?」

「いいえ」ジェニファーが即答する。

「これは謎めいて来たぞ」レックスがはやし立てる。

「残念ですが協力はできません。したいのは山々ですけど、おっしゃってる意味がさっぱりわからなくて」

「いいえ、とても参考になっていますよ、ミス・ボール」バーマン警部補が言った。

・・・・

一階に下りて幾つもある居間に立ち寄っていたバーマンは、ダイニングルームから出てくるミスター・ヴァーミンスターに会った。左手にビスケットを三枚、右手に水のコップを持っている。

「寝る前の習慣だよ」老人は説明した。「肥満防止になるんでね。マーガレットに水を持ってきてもらってから、ダイニングルームでビスケットを選ぶんだ」

彼の垂れ下がり気味の腹に目を向けずとも気づいているバーマンは、もっと若い頃から始めればよかったですね、という言葉をのみ込み、こう話しかけた。「ダイニングルームに戻りませんか。実は訊きたいことがあるんですよ、ミスター・ヴァーミンスター。歯に衣着せぬ回答をしてもらえると助かります。質問に驚くかもしれませんが、どうか率直にお答えください」

老人はテーブルから椅子を引くとどっかりと座った。「最善を尽くそう」

コップとビスケットを並べてテーブルに置く。「これは寝る前に食べるんだ。電気を消す直前に」

警部補は老人の向かい側の席の椅子に座った。「それでは始めましょう。ミスター・ヴァーミンスター、娘さんの結婚プレゼントには何をあげました？」

老人はぽかんと口を開けた。「結婚プレゼント？」オウム返しに言う。

「ずいぶん前なのは承知していますが、まさかお忘れではないでしょう？　何を贈ったんです？」

老人はさも戸惑った様子で警部補から置き時計に視線を移すと、その間の年月をさかのぼれるかのようにじっと見つめた。

そしてようやく言った。「娘には何もやっておらん。何も」

「どうしてです?」

老人は座ったまま居心地悪そうに身じろぎした。「もう二十年以上も昔だ。あんたにも捜査にも関係ない話だよ、警部補。とうてい役には――」

「率直に答えてください、ミスター・ヴァーミンスター。なぜお嬢さんに結婚プレゼントをあげなかったんですか?」

老人はため息をついた。それは思い出すのが辛いせいかもしれないし、この手の追及に対抗する力が足りない――そしてそれを自覚している――せいかもしれない。

「わしと妻は――少し傷ついていた。娘は結婚を――知らせなかったんだ。戦時中だった。若い連中が感情に流されたのだと理解はできる――感情に流されてしまいがちだ――若い男性は前線に駆り出されていたし――親としては祝福できなかったが――ルパートに不満があったわけじゃない。当時はまともな青年だったんだろう。その頃はうちも裕福で、披露宴から何からお祝いごとはきちんとしたかった。人目を避けてこっそり婚姻届を出すなんてけしからんと思った――秘密裏にするなんて礼儀を欠いている。二年も知らなかったんだ。ルパートは負傷するまでフランスに赴任し、メアリーは軍需工場で働いていた。結婚生活などろくにしていない。一九一七年にルパートが怪我で除隊してから一緒に暮らし始めた。そして、そのマスウェル・ヒルの家に招待された。少なくともメアリーは招いてくれたはずだ――娘にさえ会えればいいと思っていた。家に着くと娘は玄関口に立ったまま言ったんだ。『この人が夫のルパートよ』とか何とか。とても感じが悪かった。そして結婚して二年で娘もいると聞かされた——だいたいにおいてわしは動じないほうなんだがね、警部補、とても驚いたよ。単純にショックだった。わが娘が結婚していただけでなく、何の連絡もせずに赤ん坊を産んでいたなんて——家内にも告げずに——」

バーマンが言う。「さぞお辛かったでしょう。お察しします、ミスター・ヴァーミンスター。断腸の思いだったのでは。その赤ん坊がジェニファーさんですか。お孫さんはお一人ですね？」

「ああ」老人は悲しみの重さに耐えかねたように椅子にくずおれた。「それで一層辛いんだ。道徳にかなった形でもう一人生まれていれば違っていたものを。だが一人っ子の孫娘の誕生が——人目を忍んで——」

「ごもっともです。結婚や出産といったものはきちんとしてしかるべきですからね？　わかりますよ、ミスター・ヴァーミンスター。こう思い描いていたんでしょう。娘さんがまず奥さんに妊娠を打ち明ける。安定期に入ったら奥さんから、もうすぐおじいちゃんになるのだと告げられ、娘さんの前では知らないふりをするよう釘を刺されるんです。なのに実際にはすっかり除け者扱いでしたね。そして結婚して二年経つ娘婿と一歳になる孫娘に急に対面なさった。確かミス・ボールの誕生日は二十年前の——一九一六年一月一九日でしたね。するとお嬢さんが結婚したのは一九一五年ですか？」

「いや、一九一四年だったと思う」

「ほお、そんなに早くですか？」

・・・・

寝ていたバーマン警部補が気配にふと目を覚ますと、ベッドの横にナイトガウン姿のルパートが立っていた。午前二時少し前だ。

「おやおや」バーマンは大きな声で言い、起き直ると眠たそうにまぶたをこすった。「どうかしましたか？」

「あのですね警部補——気のせいかもしれないんですが——少し気分が悪くて。三十分ほど前から急に」

「なんだって！」すっかり目が覚めたバーマンはベッドから飛び出し、洋服ダンスから慌ててスラックスを取るとパジャマの上にはいた。「他に症状は？」

「特にありません」ルパートがフットボードにすがりつくようにベッドの足元に座る。「こんなのは初めてです。痛いと思ってもいつもなら他に気を取られているうちに治まります。でもまだ具合が悪い。気のせいじゃありません」

頭からシャツを着て袖に手を通していたバーマンはくぐもった声で言った。「気分が悪くなった時何をしていました？」

「事件がどうにも頭から離れず寝つけなくて。毒を飲んだらどう感じるのだろうと考えていました。少し汗ばんできて——想像しただけで——急に気分が悪くなりました。ひどくむかつくんです。これは——ヒ素中毒の始まりですか？」

「確かに初期症状と言えます」バーマンがジャケットに袖を通しながら言う。「でも同時に消化不良の症状でもある。不安から往々にしてそうなります——一種の緊張状態です。他に症状は？」

「こんな状況にはもう耐えられない。それにヒ素を飲んだんなら、もう——」ルパートは手の甲で額を拭うと急に飛び起きて大股でドア口へ向かった。「観察してあれこれ訊くのは勘弁してください！　消化不良じゃないという診断が下る前に死ぬのはまっぴらです。何か手を打ってください。医者を呼んでくれませんか？　催吐薬は？」

「マスタードと水を取ってきましょう」バーマン警部補は部屋を出ながら振り向きざまに言った。

「最後に飲食したのはいつですか？」

「夕食から何も食べていません。歯磨きすらしてないくらいです。しようとしてやめました――警部補からのアドバイスを思い出して」

バーマンは中に戻ってきた。「口をグラスにつけもしなかったんですね？　そうなるとどうやって毒を飲んだのか疑問です。ヒ素によるものではないでしょう、ヒ素なら毒が回るまでせいぜい一時間十五分しかかかりませんから。それにこの家の人たちが毒を盛るのは不可能だったはずです。レストランでも――どこでも、朝食の後には」

ルパートが再びベッドに腰を下ろす。「もしかして――朝食の時に毒が入ったのかもしれません」

「うーん、わたしは医者ではありませんがそれは考えにくい。体内に入ってから症状が出るまで十六時間もかかる毒など聞いたことがありません。恐らくあなたのは自律神経の乱れによるものです、ミスター・ボール。でも大事を取りましょう――催吐剤を使用した後に塩水を飲んでください」

ルパートは神経質そうに笑った。「狂言だと思っているんですか？」

「故意にではないでしょう。でも妄想気味ですね――発作的神経過敏ではないでしょうか。この部屋に来てからも不快感はありますか？」

ルパートは訊かれて初めて気づいたように驚きの表情を見せた。「そういえば、治まっています」

再び笑う。まだ神経質そうではあったが、照れも見えた。「これじゃあ、ばかみたいですね。自分の寝室にいた時は、食べ物の中に何も入っていたはずがない、と自分に言い聞かせました。ただ確信がなかったんです。散々考えた末にここへ来ました。夜、幼い子供が母親の所へ行くように。こんな時間にすみません。うんざりしているし、怖くてたまらないんです。もっと毅然とするべきでしょうが、とうてい無理です。朝から晩まで生きた心地がしない。午前二時には限界が来ました。これ以上一人でいたら泣きわめくか正気を失っていたでしょう。ここへ来るより他になかったんです」

「わかりますよ、ミスター・ボール。好きなだけここにいてください。お察しします。椅子に座って何か他のことを考えてください。子供の時怖い夢を見るとお母様がそうやって落ち着かせてくれたのでは？　うちの母はそうでした。枕元にひざまずいて手を握りながらお伽話をわたしが眠るまで語りかけてくれましたよ。もっともあなたの手を握りましょう、とは言いませんが」そこでバーマンは微笑んだ。「ガスストーブに当たりながら互いの身の上話でもしませんか。先の大戦《グレート・ウォー》でのご活躍ぶりをぜひ聞かせてください！」

「それはいい。気分転換できそうです」ルパートがひざまずいてストーブをつける。「葉巻か何かありますか？」

「タバコなら。いかがです？　ところで大戦では従軍したんでしたね？」

ルパートは目を輝かせた。「はい。当時の国防義勇軍に所属していました――ロンドンの歩兵部隊です。わが軍はセントオールバンズに駐屯していました。一兵卒だったわたしは、運転手とやけに線の細い兵士と一緒にぼろぼろの宿舎で生活しました。宿舎の維持管理をしていたのは肺病病みの仕立屋で、窓を二十年間開けていませんでした――どうやらほこりが嫌だったようです。ロンドンに呼び戻されたわたしは、第二連隊の指導補佐につきました。それからライゲットに着任しましたが、そう悪くありませんでしたよ――もっとも宿舎の女主人の高級陶器を粗末に扱って、追い出されそうになりましたけど。一面に籠入りのスミレが描かれた不気味な代物でした。彼女の一存では人事は動きませんから、ひどく陰険な扱いを受け続けましたよ。実に居心地が悪かった」

バーマンが口を挟む。「それは大変でしたね。ところで、どうして将校に任官されなかったんですか?」

「そのはずだったんですがね。ちょうど手はずが整う頃に軍隊お決まりの混乱が生じるんですよ。何度も第一連隊に義勇兵として派遣され、そのたびに任官が見送られました。第一連隊に所属する能力があったのに。派遣隊のリストが陸軍庁へ行き、分隊本部へ送られて戻らないんです。義勇兵は将校のコックや使用人として働き、数人はわたしのように任官されるのを待っていました。ある時、帰郷休暇から戻るのが少し遅くなった時がありました。午前二時に帰ったら、夜中に起こされた宿舎の女主人と口論になりましたよ。玄関先のドアマットに書きつけがあり、午前五時にセントオールバンズまで隊を派遣せよとの指令でした。こちらの都合はお構いなしですから悪態をつきましたよ。仕方なく招集に従い三日後に海外派遣されました。もう休暇もなしです」

バーマン警部補が言う。「ずいぶん手荒な扱いですね。そしてまた将校の世話ですか? フランスでは辛い思いをしたのでは? それともガリポリ(トルコの半島。第一次大戦における連合軍とトルコ軍の戦場)ですか?」

「フランスです。一九一五年の四月ですね。一日に五回の砲撃で息をつく暇もありませんでした。ソンム川(フランス北部を北西に流れて英国海峡へ注ぐ。第一次大戦の激戦地)と比べればましだったと思いますが、それでも不平ばかり言っていました。不平は合言葉のようなものでしょう? どの戦場もたいして他とは違いませんでした。混乱、混乱、混乱、そしてまた混乱です。たとえばわたしたちはロンドン第二師団としてフランスに行きましたが、三か月後には第四七師団になっていました。どうしてだかわかりますか?」

「なぜです?」

「当時フェステュベールで小規模な戦闘が続いていましてね。わが軍は後々には力をつけましたが、その頃は英国から派遣されたばかりで未熟だったので、小規模な戦闘用に待機する後方支援軍として組み込まれたんです。確かリシュブールという村近くで待機していました。道路に整列したまま備えていると、塹壕勤務兵と交代して夜明けに攻撃という指令が下りました。思いがけないことでとても興奮しました。いや、興奮とも心配とも取れるものですね。当時はわたしも血気盛んでした――いまとは比べものにならないくらい。警部補は若いからまだまだこれからですね、少なくとも毒入りかどうか心配せずに飲食できるじゃないですか。バーマン警部補、いまの状況は――」

警部補が口を挟む。「ちょっと待ってください! いいですか、ミスター・ボール。気を紛らわすために話すんでしたね。第四七師団についてもっと聞かせてください」

「ああ」ルパートは半分ほど喫ったタバコを暖炉に投げ捨てたが、自分がタバコをもう持っていないのを思い出し、屈んで拾った。そしてまた気が変わり、身を乗り出してバーマンの座っている椅子の肘掛けに開いたまま置いてあるケースから、もう一本タバコをもらった。

ルパートが続ける。「わかりました。どこまで話しましたっけ? そうだ――リシュブールからでしたね。三十分後に命令がことごとく撤回されたんです。できの悪い伝令が、第二師団とわたしたちロンドン第二師団を誤ったんです。まさに混乱ですよ! でも悲劇を免れたのは幸いでした。その朝そのまま出動した第二師団は大敗してしまいました」

「すると、あなたも後で同じような目に遭ったんですね？」

「そうですね。兵力七百でロース（フランス北部ノール県の町）へ進攻して、生き延びたのは七十二人でした。わたしはそのうちの一人です。ソンム川で地雷を踏み、吹き飛ばされて生き埋めになりました。掘り起こされて、意識が戻ったのは一週間後です。その後戦争神経症《シェルショック》の診断が下り除隊して一九一七年に帰還しました」

「するとずっと兵士のままだったんですか？　将校になれたはずなのに？」

「なっても割が合わなかったんでね。危険の度合いが増していました。多くの仲間は将校になっても、雑役兵がついて休暇がタイミングよく取れる程度で、休暇から戻るとすぐにまた危険にさらされていました」

「なるほど、それでは確かに割が合わない。でも休暇を取る甲斐はあったはずです。兵士の時にはあまり休めなかったんですか？」

「そう多くはね。二、三回でしょうか。もちろん家にいる時は解放感があって、また任地に向かうのが嫌でしたよ」

「お察しします。奥様も同じ思いだったのではないですか。確か大戦の初めの頃に結婚なさったんでしたね？　幼いお嬢さんも寂しかったと思いますが、特に奥様には辛かったでしょう。あなたが除隊した時にはむしろ安堵されたはずです」

「そうですね」ルパートは立ち上がり、膝に落ちた灰を払い落とした。「確かに妻には辛かったようです。ああバーマン警部補、話を聞いてもらって助かりました。部屋へ戻りますよ。どうか寝てください」

「ご気分は？」

「ああ、よくなりました。刑事に飽きたらドクターになったらどうです。わたしのせいで真夜中にすみませんでした」

警部補が笑いながら立ち上がる。「いいんですよ。お話はとても興味深かった。また聞かせてください。これでぐっすり眠れるといいですね」

四

翌日の午後二時三〇分、警察車両が運んできた荷物を受け取ったバーマンは、部屋にこもって三十分ほど中身を確認し、配達人に伝言を渡した。それからルパートを探しに行った。彼はリチャードとビリヤードをしていた。

「お邪魔します。ミスター・ボール、お話がありまして」

「いいですよ。暇をつぶしていたんですから。今日もきっと明日も。とにかく気を紛らわしたくてね。それでご用件は？」

「わたしは席を外しましょう」リチャードがジャケットを着る。「警部補の話が終わったら声をかけてください、ルパート。続きをやりましょう」

バーマンはテーブルの縁にもたれかかり、暖炉の横の椅子をそばに持ってくるようルパートに手ぶりで示した。ルパートはじっと見られるがままだったが、しまいには落ち着かない様子で言った。

「それで？　どうしたんですか？」

「どうして正直に話してくれなかったのだろう、と思っていたんです、ミスター・ボール。この状況で秘密保持にこだわるのはあなたのためになりませんよ」

「いったい何の話です?」

「これからご説明します。この一週間、この屋敷の人たちの話を聞いて、発言の不一致を見つけようとしました。そして数日前に決定的な矛盾を見つけました。事件と直接は関係ない些細な点ですが、この仕事をしていると勘が働きまして。金曜日の午後にミセス・ボールから話を訊いた時、結婚生活が二十年近くになると言っていました。その数時間後、家族だけで暮らせばいいのでは、とあなたに提案した時、結婚して二十年余り経ったらそれは難しいと言いましたね」

「それが何か?　妻とわたしの記憶があやふやだったから気にかかったとでも?」

「妙だな、と思ったんですよ。どちらか、もしくはお二人ともあいまいだっただけかもしれません。純粋に記憶違いという可能性もあります。ですが原則として警察の調査対象となります。昨夜地下鉄の駅であなたを見送った後、ロンドン警視庁へ電話をしてあなたの婚姻届の調査を依頼しました」

ルパートが声を荒げる。「なんて乱暴な。何の関係があるというんです?」

警部補は応えずに話を続けた。「夕食時に調べた本の献詞によると、娘さんが生まれたのは一九一六年です。そしてイヴリンさんは従妹の誕生日は一月一九日だと言っていました。そこから類推すると、結婚生活はあなたの言う年月が――『二十年以上』というのが正しく、ミセス・ボールは間違っています。ですが記念日というものは男性より女性のほうが記憶しているものです」

ルパートがいらだたしげに立ち上がる。「ほお、だからって何の関係があるんです?　あなたは毒物混入事件の捜査でいるんですから、それに専念してもらえませんか。とうの昔の話で冷や汗をかかせるのではなくて」

バーマン警部補は再び応えずに続ける。「晩にお義父様のミスター・ヴァーミンスターに尋ねたんですよ、娘さんの結婚のお祝いに何を贈ったのかと。ずいぶんはぐらかしていましたが、それでも訊くと堰を切ったように長々と話してくれました。あなたがたご夫婦が一九一四年にこっそり結婚したのを、孫娘が一歳になる一九一七年まで義理のご両親は知らなかった。それについては昨夜話してくれましたね、ミスター・ボール――真夜中に。二回目の休暇で帰宅していた頃フランスに急に派遣されたのが厄介だった、そして戦争神経症で一九一七年に除隊した、と言っていました。さて、三十分前にロンドン警視庁から届いた書類の中にはあなたの婚姻届の写しもありましたが、その日付は一九一七年九月二三日でした」

ルパートが声を上げようとするのをバーマンは手で制した。「待ってください、ミスター・ボール。話を繋ぎ合わせた結果、導き出される推理はこうです。一九一四年の秋、あなたがたは一緒に暮らし始めた。一九一五年の春におめでたがわかり、結婚を決意したあなたは、任務の休暇中に手はずを整えた。そして夜遅くライゲットに戻ると、セントオールバンズへの派遣指令があった。三日後にフランスに行った後にはもう休暇は取れず、結婚の一連の手続きも取れなかった。ミスター・ボール、急な派遣について話してくれた時『こちらの都合はお構いなし』と言ったのはそのためですね?」

バーマン警部補は口を閉じてルパートに目をやり、返答を待った。だがルパートは何も言わず、沈黙の中で見つめ返すばかりだ。

仕方なく警部補が話を続ける。「将校になっていれば任地がイギリスとなり結婚できたはずだったのにそれを避けたのは、あなたが望んでいなかったからだと推理しました。一九一六年の末までに休暇で二度帰宅して、とりわけ二度目には娘さんが生まれようとしていたのに、あなたは結婚しなかった。ミスター・ボール、急に海外派遣にならなかったら結婚したとはいうものの、フランスにいる間は——放っておこうと——していたんですね」

突如ルパートが声高に言う。「だったら何なんです？ ここに説教しに来ているんですか？ あなたにはかかわり合いがないでしょう？」

「じきにわかりますよ、ミスター・ボール」警部補が静かに続ける。「除隊後の一九一七年にあなたは結婚した——恐らくまた気が変わったんでしょうね。何も説教するつもりはありませんが、これまでの捜査でそういった行動が引き起こす影響は多く目にしています。批判するつもりはありません——それはわかっていただきたい——ですが奥さんをひどく失望させたのは確かです。一度ならず状況を改善する機会はあったのに、身重と知りながらそのまま二年間も放ったらかしにして——見捨てていた。そして連絡を取ってきた奥さんから責任を取ってくれと言われた。愛ある結婚生活とは言い難い。なのにあなたはたびたび結婚生活が良好だと言っていました。たいしたものですね、ミスター・ボール？」

「だったら何なんです？」語気を強めてルパートはまた言った。「批判するつもりはないと言いながらしているも同然じゃないですか、警部補。無礼極まりない」

「でも否定はしないんですね？」

「しませんよ。こっそり婚姻届を入手するような相手に逆らえるもんですか？ それにメアリーから三十分はかけて聞き取りをするんでしょう。それでどうなるのか知りたいもんですね？」

「結局籍を入れたのはなぜです？」

「よく訊けるものだ！」ルパートが声を荒げる。「知りたいのなら教えてあげましょう、ジェニファーのためですよ。娘ですし、一目見たとたんに――さあ、そろそろ手の内を明かしてくれませんか？二十年前の恨みを晴らそうとメアリーが企んでるか証明しようとしているんですか？　もしそうなら、あなたの推理の中でもかなり無理がありますよ」

「ミスター・ボール、奥さんがある日家族もろとも路上に放り出されるのを防ごうと、あなたに毒を盛るのを阻むためにしているんです。あなたは聞く耳を持たず、夫婦仲は常に円満だったと言いました。それが嘘だったとわかったわけです」

ルパートが嚙みつく。「だからどうだというんです？　まさか内輪の恥をさらけ出せと？　あなたがここにいるのはわたしを毒から守るためで、若気の至りをあからさまにするためじゃないはずです。そしてメアリーとは――夫婦仲がよくなくても、波風立てずに長年やってきました。夫婦間に問題があると認めていたら根掘り葉掘り探って、妻が殺そうとしていると言い出したでしょう――いまこうしてたわごとを言っているように」

バーマン警部補が毅然として言う。「『たわごと』とおっしゃる理由がわかりませんね。いずれにせよ秘密は暴かれたのですから、すべて話してくれるのが一番です。これまでの捜査で確実にある結論に向かっています。その推理が正しいかどうか見極めたいんです」

座ったまま警部補を見ていたルパートが目を逸らす。手探りでポケットから取り出したタバコケースに視線を向けたが、気もそぞろな様子で、蓋も開けずに再びしまった。そして数分間押し黙った。

しばらくしてルパートは言った。「この際、何でも信じますよ。ジェニファーが告訴されるようだと悲惨ですが。でも――警部補、すべて話しますから内々にお願いします。捜査結果はすべて事実です。一九一五年から一九一六年にかけてはあなたが言った通りです。恥知らずな男だと思っているでしょうが、戦時中はそうするより仕方ありませんでした。二人で暮らし始めた当初は結婚など考えていませんでした――メアリーがどう思ってたか知る由もありません。とても愛していたのも事実だったので、子供が生まれて結婚してほしいと頼まれた時には、迷わずそうすべきだと思いました。当時は若かったので妻子を養う金はありませんでしたが、手当に加えて将校になる目星がついたら、だいぶ楽になるはずでした。ロンドンに戻って相談し――一か月後に話し合う予定でしたが、急に分遣隊に加わり、休暇なしにフランスに出発することになりました。メアリーには取り急ぎ電報を、それから手紙を送りました。それが精いっぱいでした。三日後にフランスへ行った後は休暇など取れずに派遣されました。そして――説明しにくいんですが、戦地にいると自分の人生を省みるもので、じきに気づいたんです。メアリーとの生活を楽しんでいたけど結婚は別問題だと。そうでしょう？　それで改めて考えたんです。とにかく頭を冷やして考えれば考えるほど、間一髪で命拾いしてきたとわかりました。将校への任官希望はしませんでした。任官されなければ金がないので結婚せずに済むからです。ときどきメアリーに手紙を送りましたが、すべて事実を書いているわけではありませんでした。彼女も時間が経つにつれて現実的になり、結婚指輪さえあれば金は気にしないと言うようになりました。それでその後――ロースの後、休暇を取りました。本当はあまり気が乗らなかったんです。少なくとも揺れ動いていました。一方では、にっくきドイツ軍から逃れるためなら何でもしました。でもその一方でメアリーからも距離を置いていたかった。だから帰国した時にはロンドンを避けてスコットランドに行きました。

その後フランスに戻ってから数週間ほどメアリーに手紙を出していないと気づきましたが、そのままでいるのが一番だと思いました。それでおしまいです。卑劣だと思うかもしれませんが、男なんてそんなものでしょう？　当時わたしたち若者は皆血の気が多くて、女性といい仲になるのも簡単でした。でも週末も共に過ごすために結婚するとなると話が変わってきます。当然でしょう！　負傷して帰還した後、メアリーは死傷者名簿にわたしの名を見つけて居所を調べました。その頃にはジェニファーが――最愛のわが子が――生まれていて三度目の訪問で連れてきました。妻にとってはそれが最善の策だったのかもしれません。その頃にはわたしも家庭を持つのもいいなと思っていたので、娘の存在はありがたかったんです。結局それで結婚しました」

バーマン警部補が尋ねる。「奥さんから非難されましたか？」

「当時は特にありませんでした。『よくも、まあ？』と嘆かれたりベッドで泣かれたりはしましたけど。わたしが治るまでは我慢していたようです。その後、とにかく籍だけ入れてくれればいい、もう愛は冷めた、と妻は言いました。わたしも同様でしたから納得はいきました。でも何とかやってきていますし、ジェニファーはとても愛おしい存在です。出だしが悪かったとしても二十年間も喧嘩してはいられませんよ。全体的に見ればそう悪くありません。オシドリ夫婦とは言えませんが落ち着いたイギリス家庭です。

そして義理の両親が寄る年波に勝てなくなると、メアリーは一緒に住みたがりました。反対はしませんでしたよ、わたしたちの結婚を知った時にはひどく怒っていた義父も、その後は穏やかになりましたし――実際には義父が文句を言ったからこそ妻との絆が深まりましたから――たまに会う分にはたいした不満も感じませんでした。でも実際に同居すると話は違いました。一緒に暮らし始めて三週間も経つとうんざりしてメアリーにもそう言いましたが、気に入らないようでした――実際には怒っていたのでしょう——それでわたしは面と向かってやり合うのは避けていました。もっとも後には喧嘩はしましたけど——とうにご存知でしょう——いつもわたしが折れていました。妻から弟夫婦も同居させたいと言われた時に事態が悪化しました。強く反対すればよかったんだと思いますが、そのせいでひどく揉めたかもしれません。メアリーとは夫婦円満ではなかったかもしれませんが、長年家庭を築いていましたから、文句を言われたり険悪になったりするのはご免でした。でも最近では——義父は癇に障りますし、あのすぐ泣くアースラや生意気な甥に姪、そしてひどく耳が遠い義母ときたら。リチャードはあの一家の中ではましなほうですけど。それで、もう限界だから同居はやめにしたい、と妻に言ったんです。

これがすべてですよ、警部補。いまの話をおおやけにしたくありませんし、その必要もないと思いますが、今回の件とは無関係です。もし妻が——」

「もっと早く話を聞いていたら全容がさらにはっきりしたはずです。ミスター・ボール、いまの話こそ求めていたものです——夫婦仲が悪いのは、これまで把握していたより強い動機となります。まだなんとか証拠を陪審に示せます。それなしでは第二の犯行の危険性はいままで以上に高いです」

・・・・・

ティータイムの少し前にルパートがバーマン警部補の部屋を訪れた。「これからもおおやけにしないんですよね？　わたしの結婚当時の話です。義理の両親には知られたくはないですし、絶対ジェニファーの耳には入れたくありません。この家の誰かしらが知ったら、たちまち広まるはずです。お願いですから黙っていてください。わたしから話す事態になるのも避けたいですが、警部補は話の大半を把握しているようなので、はっきりしておきたいんです。約束してください——ああ、頼りにできるのはあなただけです。昼食後に荒れ野を歩きながらいろいろ考えましたが——どうにもわかりません。考えるだけでたまらないんです。取り繕っているわけではありません——おわかりでしょう——メアリーとは言い争ったりもしましたが、利害関係のもとお互いを尊重してきました。カクテルに毒を入れたのはメアリーの可能性があると初めて聞いた時には取り合いませんでしたが、警部補と話してゆく中で、本当の意味での夫婦生活が成り立っていなかったと気づかされました。妻は一九一六年の頃の傷がまだ癒えておらず、最近の夫婦喧嘩で傷口が広がってしまった。妻が犯人だという警部補の推理は正しいかもしれませんが、わたしにはその確信が持てません。何も証拠がないと言いましたね——そして、その反証もあげられないんですね？　どこに危険がはらんでいるかわかれば、警部補が証明するしないにかかわらず事前に予防できます。どう思っているかメアリーに話してもいい、それによって——妻が犯人だとわかっても。でも疑っていると妻に伝えた後で、義父や他の人物の犯行だったと警察に知らされたら——メアリーとのこれからの生活はどうなります？　破綻しませんか？」

バーマン警部補が口を開く。「お気持ちはわかりますが、どう思ってるんですか、ミスター・ボール？　実情を把握した上でお考えになったはずです。その結果は？」

「お話ししたはずです。正直なところわからないんですよ。あなたは妻に対して悪意を抱かせるように仕向けますが、動機の説明だけで、実際の証拠を示してはくれませんよね。一時は妻に決定的な証拠を見つけられるかとも思いましたが、いまは自信がありません——それで今後の行方がわからないんです。ずいぶん考えました、特に大みそかのパーティーについては。消火のために外へ出た時にカクテルグラスを片づけたのはメアリーでした。それを知った時、やった、と思わず口に出していました。これで妻は犯人じゃなくなる。妻がグラスに毒を入れたのなら、火事で計画を変更したりしなかったでしょうし、屋敷に戻ったわたしにカクテルを飲ませるためにグラスをそのままにしていたはずだからです。そう気づいてすぐに家に帰って自分の愚かさを話すつもりでした。そしてちょうど公園のそばまで来た時、視点を誤っていたと気づいたのです。妻は大みそかのパーティーを始めないことには、目立たないようにわたしにカクテルを飲むよう仕向けるのは不可能でした。そしてそれはできなかった。わたしたちが居間に戻ってきた時、各々のグラスを選べない可能性があったからです。自分のグラスをよく覚えておいて置き場所を忘れないように、とメアリーはしきりに言っていました――いうなれば、決してグラスを取り違えてはならなかったんです。もちろん口には出しませんでしたが、妻はそう仕向けていました。妻が毒をわたしのグラスに入れたのなら、グラスを間違わない限りわたしがそのカクテルを飲んだはずです。ああ警部補、それが事実なら――正直なところをぜひ聞かせてください」

バーマン警部補は少しためらった。ベッドに座ると両手を上掛けに突いて後ろに反るようにして天井を見上げた。そしてやにわに立ち上がり、窓辺に歩いていったかと思うと、踵を返してルパートの正面で立ち止まった。

「それではお話ししましょう、ミスター・ボール。つい先日ですが、あなたに毒を飲ませようとしたのは奥様だという結論に至りました。ただ動機はわかりませんでしたし、逮捕に値する証拠も見つかりませんでした。見切り発車したら告訴を判事に却下されるのは明らかです。でも直感のようなものがありました。考えがしっかりまとまっていたんです。それで警視庁へ行って推理をデイス警視に話すと理解を示してくれ、事態は深刻なのでわたしが警備に当たったほうがいいという方針が決まりました。あなたを守るためにです。ここに来てからほどなく動機がわかりましたが、逮捕に至るだけの証拠がありません。それが現状です、ミスター・ボール。あなたはもう知る権利がありますし自衛措置を取るべきですが、わたしたちの考えをミセス・ボールに知られないようにするのが最重要だとわかっているはずです。もし知られれば捜査の進展は見込めず、結果としてあなたに危険が迫ります。信じてくださるのなら——わたしも信じましょう。そうしないと危険から守れませんから」

「ああ！　困った！」

・・・・

ルパートが再び部屋を訪れたのは、バーマン警部補が夕食に備えて身支度を整え、ヴェストにスラックス姿で伸びた髭を安全カミソリで剃っていた時だった。カミソリを置き、湯で顔を洗って拭く。

「どうしました、ミスター・ボール？」

「ちょっと伝えたいことがありまして。自分でもどうにも——頭がすっかり混乱してしまっています。初めはこれで安全だと思っていたのですが、いまは確信が持てません。カクテルグラスを片づけた時についても、最初にメアリーを除外してから却って状況が悪くなりました。どうにも見当がつきません。以前お話ししたように、冷静になれないんです。混乱して思考回路が乱れて——こうなるなら昼食後に言えばよかった——その時には無理でしたが、いまなら。妻の家族との同居を受け入れたのは平穏な生活を望んだからです。でもそうはなりませんでした。そして本当の理由をいままで隠していました。メアリーと揉めた時——何回かありました——初めは二人とも熱くなって言い争いになっただけでしたが、その後は妻に強気に出るようになりました。メアリーの主張は――いつでも――両親や弟一家を路頭に迷わすようなら、二十年前に何があったかジェニファーに話すというものでした。わかるでしょう？　だから文句は言わないようにしました。ジェニファーはわたしにとって何よりも大切な存在なんですから。娘が知ったら――どう思うかわかりません。そんな危険は冒せません。だから妻がその件を持ち出すとわたしは黙りました。結果として家に遅く戻るようになりましたが、いつも同じです。これからも続くんです。

そういうことが何回かあり、メアリーは自分が優勢になったと気づいたに違いないと思いました。わたしは反撃をしようにもできず、妻もそれを知っている。妻が敢えて静観しているのはなぜでしょう？　妻の家族を放り出されたくなくて毒を盛ったのかもしれない、と警部補は言いますが、わたしは行動に移せませんし、妻はそれを知っている――知っているはずなんです」

バーマン警部補が長い口笛を吹いた。「何てことだ！」

そしてタオルを置いてベッドに座ると頭を両手で抱え込み、一分ほど経ってから顔を上げた。

ようやく警部補は言った。「これで推理は一からやり直しです。奥様に関して唯一確定していると思っていたものがなくなりました――動機が。推理が二日前に逆戻りです。いまはっきりしているのは、何者かがあなたを毒殺しようとしていて、その人物はこの屋敷の中にいるという点だけです。それ以上は何もわかっていません。誰でも可能性があります。義理のご両親でも――誰でも。何てことだ、大変です！」

「とにかく、お知らせしなくてはと思ったので」

第九章　第二の犯行計画

ルパートは日曜日の朝食の後――自分でコーヒーを注ぎ、ベーコンエッグには手をつけずにバタートーストのみ、そのトーストでさえ念入りに調べてから口に入れるという気の抜けないものだった――昼まで庭仕事をするつもりだと皆に告げた。

「落ち葉がひどく溜まっているんだ。よい堆肥にはなるかもしれないが片づけたほうがいい。ジェニファー、手伝ってくれるかい？」

彼の娘は頷き、古いスカートをはいてくるから少し待ってくれないかと頼んだ。

ルパートは言った。「そうしたほうがいい、汚れるからな。ガーデニング用の手袋も持ってきたらいい。他に手伝ってくれる人は？　どうだい、メアリー？　バーマン警部補、あなたはこれからお仕事ですか？」

彼の妻は手が空いたら行くと答えた。警部補は庭仕事が得意ではないし任務中は日曜日も非番ではないと説明した。

ルパートはテーブルから立ち上がりながらドア口にいるバーマンへ目を向けた。「何かせずにはいられなくて。魔の手を恐れながらぼんやりしているのは無理ですよ」

「わかります。ぜひなさるといい。辛い思いをしているのでしょうから」

・・・・・

その二時間後、メアリーは二階の寝室の窓から身を乗り出して言った。「ルパート、屋敷を燻製にするつもりなの」

ルパートは娘と協力して大量の枯れ葉と枯れ枝を焚き火にくべているところだった。屋敷から十ヤードほどの場所で燃え盛る枯れ葉から煙の渦が立ち上っている。

「しまった！　こんな風向きになるとは思わなかった。窓を閉めてくれないか？」

「あちこちから中に入っているわ。それにこの臭いったら！　焚き火を消して、ルパート」

「できないのよ、母さん」ジェニファーが声を上げる。

メアリーは音を立てて窓を閉めると下りて庭に出てきた。煙がもうもうとする焚き火に近づき、目を擦りながら咳をする。「ルパート、これはひどいわ。火をつける前に煙が家に来ると思わなかったの？」

「すまない。だが煙が出るまで風がなかったんだ。こっちへ来たほうがいい。いくらかましだ」

「わたしは屋敷の話をしているの。いますぐ消してちょうだい」

「くそ！」ルパートが叫ぶ。「あと一時間もすれば消えるさ。いま消したら後が厄介だ」

と、屋敷の横から回って裏庭にきたバーマン警部補が近づいて来た。「煙が出ると、消えるまで何時間もかかりますよ」

「消せるかどうかわからないわ、母さん」ジェニファーが大声を上げる。

メアリーがいきり立つ。「いいから消してちょうだい。屋敷は散々よ。こちら側の部屋はもう煙だらけ。ルパート、何でまた――」

バーマン警部補が割り込む。「あの厚板を持ってきて火の勢いを弱めるといいですよ。焚火を薄く広げてから厚板を置いてその上を歩くんです。数分はひどくけむいですが――」

警部補は咳き込み始めた。別方向からの風で煙が彼らを直撃する。目は刺すように痛み、喉は刺激される。一分間ほどは咳しか聞こえなかった。

ようやくルパートは言った。「散々だな。さあ、警部補の言う通りにしたほうがよさそうだ。手伝ってくれ、メアリー。人手があるほど助かる」

・・・・

二十分ほど経つと焚き火はいくつかの枯れ葉がくすぶる程度に落ち着いた。ルパートが屋敷へ戻ろうと一同を促す。「やれやれだ。枯れ葉がうまく燃えればよかったのに、あんなに右に煙が流れるなんて――おかげですっかりやられた――目から耳から鼻から全部。とにかく洗わないと。バーマン警部補、あなたはどうです?」

「ありがとうございます」警部補は両手を見た。「ひどく汚れてしまいました」

ジェニファーが言う。「わたしもよ。特に目がひりひりする。目を洗えるものはあるかしら?」

ルパートが答える。「ローレル水がある。取っておくのを許してもらって助かりましたよ、警部補。あれは便利でね。さあ化粧室にあるから行こう。メアリー、きみは? 目を煙にやられているじゃないか。涙目になってるぞ」

「そう? 確かに目は痛いわ。それにしてもルパート、ひどいじゃない。あんな場所で焚き火をするなんて」

「こんな風向きになると誰がわかるっていうんだ?」皆で二階に上がっている時ルパートはつぶやいた。

ルパートは化粧室でコートを脱ぐと警部補に向き直った。「危険ではないですね？」彼が囁く。「飲まない限りは――」

「大丈夫ですとも」バーマン警部補が答える。

ルパートは戸棚からローレル水の瓶と洗眼用コップを取り出すと、棚に置いて腕まくりをした。コップに溶液を満たし、前屈みになって右目のすぐ近くまで持ち上げた。と、急に体を起こした。「失礼。まずは客人からですね、バーマン警部補。いや、むしろレディーファーストか。さあメアリー、液が脇から漏れないよう目にコップを当てて押さえつけるんだ。それから体を反らす。よく洗えるよう目を開けておくんだよ。すぐにすっきりするはずだ」

洗顔コップを受け取ったメアリーは前に出て洗面台に前屈みになった。「なんて強烈な臭い！」

「ローレルだからね」ルパートが答える。「何年も愛用している」

メアリーはコップを目に当てて底が天井を向くほど勢いよく体を反らした。

三十秒ほどしてから再び前屈みになり、目からコップをゆっくり外した。

「ああ気持ちいい。すっかりよくなったわ。もう片方も――」

メアリーは急に口をつぐんで夫を見つめた。ルパートは両手を震わせながら額に玉のような汗をかき、口をあんぐりと開けて驚愕の眼差しでこちらを見ている。

後ろに立っているバーマン警部補がルパートの肩に片手を載せた。

「ルパート・ボール、あなたには昨年一二月三一日当夜のロバート・レッチワース殺人並びにメアリー・ボール毒殺未遂容疑で逮捕令状が出ています。加えて本日メアリー・ボール毒殺未遂容疑で告訴します。警告しますが、あなたの供述は……」

第十章　余波

その日の夕方、寝室にいるメアリーのもとへ女中が来て、バーマン警部補が奥様にお会いしたいそうですと告げた。

数分後に警部補が部屋を訪れると、メアリーは血の気のない顔で力なく迎え入れた。

「何か？」彼女が尋ねる。

「ご主人は明朝出廷となりました。ミセス・ボール、二度命拾いをなさいましたね。もっとも今日はお考えになるより危険性は低かった。瓶の中身がローレル水になるよう取り計らいましたから。元々は青酸でした」

メアリーは椅子に――力なく――くずおれた。

「青酸？」彼女はオウム返しに言った。

「そうです。目からの投与が可能ですぐ死に至ります」

しばらく沈黙が下りた。

「だからルパートは――あんな表情をしていたんですね？」

「はい。奥さんがすぐ死に至ると思っていたので」

「まあ、ひどい！　あんまりだわ！」

メアリーは再び口をつぐんだが、しばらくしてから口を開いた。「それは確かなんですの、警部補？ とても信じられません。何者かに毒を盛られている、とあんなに恐れていた張本人なのに」

「怖がっているふりをしていたんですよ、ミセス・ボール。自分が毒殺者に狙われていると皆に思わせておけば、あなたが死亡した時に犯人がまた間違えたと思われるだろう、とご主人は考えました。ご主人を狙った毒であなたが犠牲になれば——ミスター・ボールは犯人に思われない」

「まあ。でも——警部補も——すっかり信じていたのでは？」

バーマンは首を横に振った。「この三日間は違いましたよ、ミセス・ボール。ご主人を疑っていると感づかれないようにしていたんです。ご主人は嘘をついていました。こちらには逮捕に至る確たる証拠がなかったので敢えて騙されたふりをしたんです。奥さんには謝らなければいけませんね、騙してしまったのですから。状況が緊迫していたのでわざと皆さんの前では推理内容を伏せていたんです（本書八五、八九頁参照）。事実を話していたら奥さんの態度も変わったかもしれません」

警部補はいったん区切ってから、こう付け加えた。「全容をお伝えするべきでした。遅かれ早かれ耳に入るでしょうから」

メアリーは弱々しく額を手で拭った。「警部補、いまがその時ですわ。教えてください」

「ミスター・ボールが犯行に至ったのは奥さんが脅迫とも取れる行為をしたからです」

夫人が鋭く目を上げたので警部補が慌てて言い添えた。

「だからといって奥さんを非難しているとは思わないでください。ですがご主人にとってはまさに脅迫でした。奥さんに権力を握られて何であれ言いなりになるしかなかった。いままではミスター・ボールに家長としてご両親と弟一家の世話を求めていらした。次の望みも——それが何であれ、ミスター・ボールが嫌でも決して断れない。わたしが気づくくらいですから、奥さんだってミスター・ボールに愛されていないのはご存知でしょう。でもご主人は愛する娘さんからは慕われたかったんです。奥さんには過去にひどい扱いをしました――そうですね」

ミセス・ボールは驚き、やりきれない様子で顔を上げた。

「すでに把握しています――ご主人がヴァーミンスター一家を追い出すと脅しても、それならジェニファーに秘密を話すと言い返したんですね。それを知ったら娘さんがどう思うかご主人は察したのでしょう――そして、いっそ奥さんの命を奪うと決めた。要求を受け入れ続けても何かの拍子で娘さんに過去の話をしないとも限らない、そうご主人は考えたのだと思います」

警部補を見るメアリーの瞳には涙がこみ上げている。「そんなつもりはありませんでした。口が裂けてもジェニファーには。残酷すぎるもの――ルパートにではなく、娘に。頼みを聞いてもらうために夫へ釘を刺していただけです。いわば――はったりですよ、警部補。話したりするもんですか」

「なるほど。とにかくご主人を脅したために奥さんは命を狙われた。大みそかに火事が起きなかったら、ミスター・ボールの犯行はうまくいったかもしれません」

メアリーは無言だ。

しばらくして警部補は続けた。「毒殺者がヒ素を標的のグラスに入れたのは事実ですが、それ以外の点も考慮すべきと当初から気をつけていました。カクテルが配られた後ゲームをしたのを覚えていますね。グラスを持ったまま部屋の中を行き来したはずです。つまり毒殺者にとっては――多くの点で容易に――自身のカクテルが毒入りになる可能性がありました。犯人は毒入りグラスを置く機会を探していた。標的のそばに行って炉棚なりピアノなりに置き、数分雑談をしてから相手のグラスを持って立ち去る――自分の毒入りグラスは置き去りにして、相手が後で飲むよう仕向けます。その推理を敢えて明らかにはしなかったのは、この手の事件では刑事が手の内を明かさないほうが常に賢明だからです。毒殺者の手口を考慮すると、一二時直前にグラスを交換しないと意味がない。早すぎれば標的が他の人とグラスを入れ替える――この場合は偶然にですが――可能性が生じ、狙われていない人物が毒を飲むかもしれません。グラスが皆の手に渡った後なら、毒殺者はいつでも自らのカクテルに毒を混入することはできますが、グラスを入れ替える手はずが整うまで――ずっとグラスを持っている必要があります。

　自分のグラスに誰も触れないよう人一倍注意していたのはご主人です。センターテーブルに本の山を作り、マーガレットにグラスを中に入れるよう指示し、一二時一〇分前までずっと見張っていました。そんなに注意していた人はミスター・ボール以外にいません。つまり理論上、もっとも毒殺者と思われたのはご主人でした。さらに他の人たち、特にあなたのご両親から実に示唆に富む証言が取れたので、推理をひとまず置いて調査を続けました。毒入りグラスがご主人もしくはお父様か弟さんのものに違いないとわかった時、その三人が標的――もしくは毒殺者――だとわかりました。そしてほどなくグラスはミスター・ボールの物だと裏付けが取れたので、同じ推理を当てはめました――ご主人は狙われていたかもしくは毒殺者だと。

　推理を内密にしていたことが日の目を見たと思いました。確たる証拠を得るまでは、嫌疑をかけているとご主人に知らせる必要はありませんでした。標的になっているはずだと伝え、どう反応するか観察しました。実にうまく演じていらっしゃいましたよ――演技だと思えなかったくらいです。ご主人の発言で唯一引っかかったのは些細な点でした。毒入りのグラスはミスター・ボールの物だったと伝えたところ、しばらくしてから言ったんです、姪御さんとの恋愛問題でミスター・レッチワースが命を落としたかもしれない、と（本書一〇一頁参照）——伯父が言うべき内容ではありません。

その翌日に数人の口から聞いた話では、火事の発生が伝えられる五分前にご主人が蓄音機のそばへ行ったということでした（原注1）。ミスター・ボールと雑談の合間にその話をすると「五、六分前だ（本書一二九頁参照）」と言いました。それにマーガレットが火事を伝えに来た時、ご主人は蓄音機にレコードを載せてぜんまいを半分ほど巻いていた（本書一三二頁参照）そうです。新たな針を取りつけ、レコードを置き、ぜんまいを巻く等々（本書一三二頁参照）、蓄音機を鳴らすために集中していたので部屋の中で何が起きていたか気づかなかった、と強調したかったようです（本書一三一頁参照）。さて、甥御さんによると『蛍の光』のレコードはあらかじめ用意されていて、ご主人がセンターテーブルに確保していたそうですね（本書一二二頁参照）。ですから準備に五、六分かからなかったはずです。通常、蓄音機のぜんまいを全部巻くにはせいぜい三十秒から六十秒でしょう。故意に時間をかけて巻いても六十秒ほどしかかからないはずです。それが一般的で、この屋敷にある機器もそうでした——試しましたので確かです。ミスター・ボールは、マーガレットが来た時に蓄音機のぜんまいを半分ほど巻いていた、と言いました——途中までしか巻いていないのは意図的だと感じたわたしは、実際に巻いてみましたよ。三十秒ほどで巻き上がりました。針を取りつけるのに一分、そしてレコードを台に乗せるのに三十秒——全部で二分といったところです。なのに準備に五、六分ほどかかったので室内の様子を見ていなかった、とミスター・ボールは主張しました。

その食い違いから、ご主人を毒殺者の最有力候補としました。火事の連絡がなければさらに長くなった可能性はありましたが、蓄音機のそばに五、六分いたのは、自分のグラスが置いてあるセンターテーブルから、何らかの理由で離れたかったからです。後々になって、グラスに触れたのはご主人だけだったと言われないように計画したのだと思います。

ご主人が疑り深いという噂を十分に示すものですが、ミスター・ボールはズルをしないようにという口実で、本の輪を作る時に致死量のヒ素の薬瓶を隠していたに違いありません。ご主人のグラスを輪の中へマーガレットに置かせて、アナグラムゲームのための紙の準備をするという手はずにしました。テーブルに一人でいる時に身をかぶせるようにして、毒をグラスに入れるタイミングを計るためです。これは、ゲームが夜遅く行われていると毒殺者が知っていなくてはなりません。それを知る人物は三人の中でご主人のみ――それが犯人と疑うもう一つの点です。

さて、グラスに毒を入れて他者が邪魔できない所にちゃんと置いたご主人がすべきは、グラスを標的のものと交換することだけでした。でもその行為は他者に気づかれ記憶される危険が伴いました。ミスター・ボールが否定したとしても、殺人事件の法廷では十分ではありません。そしてご主人がグラスを交換し、本人以外誰も毒を混入できないような所――誰にも見られずにたやすく混入できる場所――にずっとグラスを置いていたと証明されれば、逃げる余地はありません。だからこそご主人は、カクテルに毒を入れたかもしれない人物をしたてる必要がありました。

そのために蓄音機のそばへ行ったわけです。弟さんが引き受けていたら、彼も容疑者候補だったかもしれません。ほぼ全員がテーブルのそばに行ったので、ミスター・ボールはさらに安全度が増しま

原注1　本書一二二、一二三頁（レックス）、一二五頁（ジェニファー）

した。そしてなるべく多くの容疑者を作るため、蓄音機のそばで針やレコードを触りながら時間をつぶしました。さぞ奮い立ったことでしょう。

　そして火事が起き、ご主人の計画は台無しになりました。予定通りだったら次のようになったでしょう。深夜零時の二、三分前にご主人が蓄音機を鳴らし始め、皆が輪になってセンターテーブルに集まります。全員持っているグラスをテーブルに置くよう指示されます。この時、ミスター・ボールのグラスはまだ本の山の中です。皆さんで手を繋いで『蛍の光』の最初の一節を歌う――大みそか恒例だとあなたも言っていましたね。そして去年の大みそかは例年とは違い、最後の一節に近づく頃に蓄音機が止まったはずです。ミスター・ボールは二分四十五秒ほどで曲が止まるように、ちょうど午前零時になるタイミングで止まるよう仕組んでいました。ご主人は言ったでしょう、『しまった、巻き足りなかった』そしてあなたに確認してくれるよう頼んだはずです。他の人物がする可能性もあったでしょうが、ミスター・ボールはあなたが蓄音機の一番近くに立っているよう手はずを整え、必要に応じてあなたにぜんまいを巻かせたと思います。それから乾杯のためにグラスを持つよう言ったでしょう。皆が従った後、テーブルに残ったグラスはふたつ――あなたとご主人のグラスです。あなたのグラスのそばにご主人はすかさず自分のを置き、腕時計を見てあなたを急かしながら何事もなかったかのようにあなたのグラスを手に取り、毒入りのグラスをあなたが取るよう置いておく。ミスター・ボールがグラスを取り違えたと誰かが気づいたとしても指摘などしません。カクテルは同じはずですから。でも取り違えを後々証言する人物が出ないとも限りません。そこでご主人は、そんな手違いなど気づかず――部屋にいる皆が銘々のグラスを持っている中で、自分は七分間ほどグラスを放っておいたと言うつもりだったのでしょう。

消火から戻ったミスター・ボールがパーティーの続きをしようと言った時、グラスを片づけさせたと奥さんは言いましたね（本書二〇頁参照）。それを聞いたご主人は、毒物も支障なく流しに捨てられたと思いました。マーガレットが本の山のグラスを忘れていたとは誰も知らなかった。ミスター・ボールは犯行が未遂に終わったと考え、ウィスキーを飲みに部屋を出た――ひどくアルコールを欲していたはずです。ご主人としては、夜中にキッチンへ行ってグラスから指紋を拭き取るつもりだったのでしょう。マーガレットがテーブルに置いたグラスは例年使用するセットのものだと思っていたのですから。レッチワースの体調不良が毒のせいだとわからなかったと思います。だからキッチンに行かず、グラスがひとつ見当たらなくなっているのも知らなかった」

メアリーは血の気が引き消耗している。「続けてください。ひどい話だわ」

バーマン警部補は炉棚の端を見据えた。メアリーの苦悩の表情から目を背けずにいられない。

「真相がわかった時、第二の犯行を毒殺者が行う可能性があると気づきました。そして毒殺者は特定したものの、標的が誰か見当がつかなかったのです！　状況をデイス警視に報告して捜査計画を固め、緊急事態に備えてわたしは現場を張ることにしました。ミスター・ボールが標的を装っているのには気づかぬふりをしていました。ただ、ひとつ過ちを犯しました。警視はミスター・ボールが立ち去るか弟一家や義父母を家から出す可能性について話し、誰かと出ていくにしても家にとどまるにしても、毒殺者は犯行に及ぶだろう、と告げました（本書一四三頁参照）。もちろん意図的に作られた偽の推理です。ミスター・ボールが本当に標的で誰かと二人で暮らしたがったら、嫌疑は晴れていたでしょう。毒殺者は犯行を誤魔化せるよう複数の人々としか行動できないからです。大みそかもそうでしたが、悲劇の後人々が——つまりここの家族が居合わせねばなりません。一方ミスター・ボールが毒殺者なら、標的と引き離されたくなく、それでいて二人きりにもなりたくなかったはずです——ご主人は容疑者候補の一員でいたかったに違いありません。ご主人は二つの選択を考慮した結果——一つは本人の犯行計画を見越したものでしたが——一つ目ではなく二つ目を選びました。ミスター・ボールは家族全員と同居すると決意しました——それでわれわれの推理がさらに裏付けられたのです。

捜査を進めてゆくうちに判明しましたが、ご主人はヴァーミンスター一家を歓待していたわけではなく、出てほしいと望んでいました。そしてあなたと口論になりましたね（本書一六〇頁参照）。なのに喧嘩などしていないとおっしゃったのは——なぜですか、ミセス・ボール？」

メアリーが答える。「その点は警部補に知られたくありませんでした。もちろん警察の嫌疑など何もわからず、何者かがルパートを殺そうとしていると信じていましたから——誰の仕業か想像もつきませんでしたが。まさか二十年前のことが影響しているとは。それに——女性はこの種の過去を他人にとやかく言われたくないものなんです」

「わかりますよ、ミセス・ボール、無理もありません。ですがあなたの発言のおかげで幸運にも確固たる手掛かりをつかめました。あなたは結婚して『二十年近く』（本書一六三頁参照）になるとおっしゃいましたね。同じ日の夜、ご主人から結婚生活が『二十年余り』（本書一六六頁参照）」になると聞き、調査を開始しました。お嬢さんの年齢を確認し、あなたがたの婚姻届の控えを取り寄せたところ、結婚期間に齟齬があるとわかりました。

ミスター・ボールは役柄をうまく演じていました。標的にされて次第に恐怖が増す様など真に迫っていて、推理が誤りかもしれないと疑ったほどです。でも何度も会話をしていくうちにご主人は間違いを犯した——些細な点ですが注目に値しました。次の犯行ではヒ素は使われないだろう（本書一四七頁参照）と告げると、ミスター・ボールは言いました。『何を盛られるというんですか——シアン化水素、シュウ酸、それとも？』何気ない発言ですが、化学の知識があるとわかります。一般人でしたら青酸とかシュウ酸カリウムと言うところです。警視庁にその関連を照会したところ、ご主人は科学分野で奨学金を得ていたとわかりました。なのに毒物に対して実に初歩的な知識しか見せなかったんです。ソーダミントに毒を混入できるか尋ねたくらいでした（本書一六九頁参照）。

化粧室で薬品を点検した時、ミスター・ボールはヨードチンキとうがい薬、そしてローレル水は置いておきたがりました（本書一六九頁参照）。うがい薬は毒物を混入しやすい、とその場で反対して処分対象としましたが、ご主人は他の二点をどうしても残しておきたい様子でした。そこで密かにサンプルを取って警視庁へ分析を依頼しました。ヨードチンキはその味や臭い、色からめったに殺人には使われません。警視庁の精鋭がローレル水を分析した結果、青酸の臭気が検出され、報告書では、『飲用……もしくは点眼により強力に作用する』と強調されていました。ミセス・ボール、ローレル水は洗眼には有効ですが青酸が混入されていると数分で死に至ります——最期はかなり苦しいはずです」

ためらいからバーマン警部補は言葉を区切った。メアリーは体を震わせるばかりで何も言わない。

警部補は続けた。「そこでローレル水の偽の瓶を用意して手元に置いていました。瓶の中身が青酸とすり替えられたらどうなるか試し——捜査を進めて動機について調べながら、その時を待ちました。あらかじめお伝えしておきますが青酸は入手が困難な薬品です。ヒ素は比較的簡単に入手可能で、除草剤から抽出されたと思われます。でも青酸ともなると、薬局で購入登録手続きをしなければなりません。警視庁で薬局を当たりましたが該当無しでした。そしていまのところこの青酸の入手経路が確定できていません。その点はこの事件の本質ではなく（原注2）、今後の確定も可能です。ミスター・ボールによく似た人物が最近いくつもの食料品店で大量の苦扁桃《ビター・アーモンド》を購入した事実を把握しています。その実からオイルを抽出する過程で、ご主人のように化学の知識がある者なら青酸を生成できます。ほどなくご主人のオフィスで化学器具を発見できるはずです。

ミスター・ボールは恐怖におののく人物をずっと演じていました。この家ではわたし以外の誰もが信じ込まされていたと思います。もちろんわたしも信じていると見えるよう最善を尽くし、成功しました。怖くてたまらない、と午前二時に起こされたくらいです――強い影響を与えられるとご主人は思ったのでしょう、わたしが確信したのはその時です（本書一八七頁参照）。それ以来、ミスター・ボールに積極的に話しかけ、一九一四年から一九一七年の間の行動で有効な事項を引き出せるよう留意しました。

ご主人が誰を標的にしているのか判明していなかったのを覚えていらっしゃると思いますが、動機がはっきりして、それはあなただと思い至りました――生まれた時は私生児だったという事実を娘さんの耳にどうしても入れたくなかったのです（本書一八四頁参照）。必要な護衛ができるよう、昨夜ご主人に鎌をかけました。手掛かりから推理して奥さんに毒殺者の嫌疑をかけている、と伝えたんです（本書一九七、二〇〇、二〇二頁参照）」

片手を額に当てて目を閉じたままうつむいていたメアリーは、急に顔を上げると恐怖の眼差しでバーマンを見た。「わたし？」

「嘘も方便だと――奥さんの身の安全のためには――わかっていただけるといいのですが。状況は切迫していたので猶予はありませんでした。とにかくミスター・ボールに伝えると、当初は納得しているかのように見えました。そして奥さんが犯人だと裏付ける証拠を持ち出してきました（本書二〇二頁参照）」

　悲嘆に暮れていたメアリーの表情が不信と恐怖に取って代わった。

「夫が？　まあ！」メアリーはひどく動揺しているように警部補には見て取れた。耐えきれる以上の苦しみに打ち震えている。「まあ！」再び叫ぶ。「よくもそんなふりができたものだわ！」

　バーマン警部補が口を開く。「実に残念なことでした。でもしばらく後には警察の思惑にミスター・ボールははまりました。奥さんが毒で命を落としても、ご主人を狙った犯人が誤ったと見なされる。ミスター・ボールが大みそかからそれを企てていました。でも奥さんが容疑者だと、死亡した場合に他殺とされて捜査が一からやり直しになる――ミスター・ボールの演技や策略が無駄となり、新たな容疑者が浮上したでしょう。だからご主人としては、奥さんが容疑者であってはならなかった。ミスター・ボールはわたしのところへ来て――まさに期待通りでした――今度は奥さんが潔白だと言い出しました。話を聞いたわたしは、奥さんが犯人だという説が消えて混乱しているふりをしました。その話はある意味事実ではありますし、ミスター・ボールの動機の裏付けをしてくれました（本書二〇四頁参照）。そして第二の犯行が差し迫っているとわかりました。

　それは現実になりました。今朝ご主人は煙が屋敷に行く風向きの場所で焚き火を始めました。煙と目の痛み、そこからローレル水へと連想して、対策を講じるべくわたしはあらかじめ二階のご主人の

原注2　セドン裁判を参照のこと（セドン裁判……毒殺事件を起こした実在の人物フレデリック・セドン［一八七二―一九一二］の裁判を指す）

化粧室へ行きました。ローレル水を確かめると、変わったところはありませんでした。寝室を覗くと誰もいなかったので、ミスター・ボールの寝室と化粧室両方を監視できるよう、ドアを少し開けたまま自分の部屋で警戒していました。四分後にご主人が現れて三分ほどで出ていったので、再び化粧室に行ってローレル水の瓶を確かめると――それは青酸入りでした。ミスター・ボールの思惑が証明された瞬間です。用意していた瓶と交換してからしばらく様子を見ていましたが、ご主人は戻ってはきませんでした。警部補であるわたしが格好の証人になると安心したのでしょう、奥さんの命を奪おうとする現場に誘ったのですから。瓶をすり替えなければご主人の企みにはまるところだったんですよ、ミセス・ボール」

数分の間押し黙っていたメアリーが泣きぬれていた顔を上げる。うるんだ瞳の奥に潜む恐怖はいつまでも消えはしないだろう。

彼女の命を救いはしたものの、苦しみから救い出す手立てはない。バーマンは無言のまま立ち上がると彼女の一人娘を探しに行った。

訳者あとがき

本作『悲しい毒』は、英国のミステリ作家ベルトン・コッブの"The Poisoner's Mistake"(1936)の邦訳です。

The Poisoner's Mistake
(*1944,Reprinted, Longmans*)

ロンドン警視庁《スコットランドヤード》の警部補チェビオット・バーマンが活躍する本作は、二〇一九年一二月に翻訳書が刊行された『ある醜聞《スキャンダル》』(論創社)に先立って書かれた作品です。先の作品では主人公の頼れる上司だったバーマン警視正は、本作では現場で事件の捜査をする若手ですが、緻密で機知に富む捜査力、快活な人柄、真相解明に心を注ぐひたむきさはこの時点ですでに備わっており、後の出世も頷ける活躍ぶりです。

大みそかのパーティーという団欒の象徴と言える場面からこの物語は始まりますが、負の要素をそこかしこに潜ませて悲劇を予想させます。次第に深刻さを増してゆく展開は実によく練られた構成といえるでしょう。犯人も動機も標的も不明という、迷宮入りしかねない状況の中で警部補は孤軍奮闘しながら、年代も性別も様々な容疑者たちの言動の中に垣間見える真実を、粘り強くすくい取り、真相解明へ向かいます。

身内と使用人しかいない閉鎖的な空間のため、誰が犯人で誰が標的なのかわかりません。こうした状況下、疑心暗鬼になりながら生活せざるを得ない当事者たちの閉塞感が生々しく描かれる様は見事です。

大部分が会話で構成されている本作品は、芝居的要素があるといえるでしょう。皆さんは登場人物の言動の真偽を見極められるでしょうか。

当時の英国の生活様式が描かれている点も、本作の大きな魅力になっていると思います。

本書の訳出と刊行にあたり、解説者の横井司氏を始め多くの方々にお力添えいただきました。心より感謝いたします。

四十四歳の頭から生まれた本格ミステリに見る時代思潮

横井　司（ミステリ評論家）

昨年（二〇一九年）の暮れに、ベルトン・コップの『ある醜聞《スキャンダル》』（一九六九）が刊行された時は驚いた。同じ作者の本邦初訳長編である『消えた犠牲《いけにえ》』（一九五八）が、一九五九年に東京創元社の叢書〈クライム・クラブ〉の一冊として上梓されてから、実に六十年ぶりの紹介だったからだ。奥付が十二月二十五日だったこともあり、嬉しいクリスマス・プレゼントだと思われた海外ミステリ・ファンも多かったのではないか。それとも、「ベルトン・コップ、誰それ？」というのが大方の反応だったろうか。

コップの本邦初紹介作である『消えた犠牲』は、右にも述べた通り、東京創元社の洒落た叢書である〈クライム・クラブ〉の第二十七巻として刊行された。翻訳は池田健太郎。

ミステリと純文学とでふたつのペンネームを使い分けている小説家が、執筆のために田舎で部屋を借りようと思っていたところ、自著を出している出版社の経営者の一人から、自分の田舎の別荘を借りればいいと勧められる。もう一人の経営者がすでに滞在しているが、すぐに空くからというのだ。あまり親しみの持てない相手ではあったが、もう一人の経営者とは気心が知れているし、熱心にすすめられるしで、とりあえず別荘を訪ねてみることにする。ちょうど部屋を借りようと思っていた家からも近かったからだ。翌日、鍵を預かった作家が別荘を訪れたところ、すでに滞在していた経営者の死体を発見。これは自分を罠にかける企みだと思った小説家は、そのまま失踪することにするのだが……。

ここまでが第一部で、第二部からは、地元警察の依頼で出馬してきたチェビオット・バーマン警部の視点から物語が進行する。チェビオットは、被害者の夫人や共同経営者を訪ねて事情を聞いて回ると同時に、失踪した小説家の行方を追うことになる。第二部ではチェビオットの内面が、その推理とともに、余すところなく描かれているため、その行動原理が明快であり、物語の進行がスピーディーかつ論理的であることに与っている。単に推理が読者に開陳されるだけではない。チェビオットは、被害者の妻がものすごい美人だったため、その色香にふらふらと迷わされてしまいがちで、自重するように何度も自分に言い聞かせる羽目になる。その好人物ぶりが余すところなく描かれており、作品にユーモラスな味わいを加えている。

本作品は出版社の内幕を描いた作品でもあり、マージェリー・アリンガム『判事への花束』（一九三六）、ニコラス・ブレイク『章の終り』（一九五七）、P・D・ジェイムズ『原罪』（一九九四）、近年ではアンソニー・ホロヴィッツ『カササギ殺人事件』（二〇一七）などと同じく、出版社ものの一冊といえる。コッブはミステリを書き始める前に、*Stand to Arms*（一九一六）と*Island Adventures*（一九二七）という二冊の一般小説《ノヴェル》、および*A Price on Their Heads*（一九三〇）というジュヴナイル小説を上梓している。いずれも後にミステリを刊行した時と同じ名義であったと思われるし、ミステリと並行して書いていたわけではないのだが、『消えた犠牲』に登場する小説家の、一般小説では売れずに、ミステリの売行きは良かったという設定は、もしかしたら自分の経験に基づいたものなのかもしれない。

コップの場合、本名とは別にふたつのペンネームを使い分けたわけではないようだが、『消えた犠牲』に出てくる小説家は、本名以外にふたつの名前を持っていることで、二重生活ならぬ三重生活を送ることができており、このあたりはいかにも江戸川乱歩好みの設定であるようにも思える。邦訳当時、乱歩は存命していたのだから、読めないことはなかったはずなので、感想なりとも知りたい気がする。残念ながら、管見に入ったかぎりでは感想の類いは残されていないようだ。

『消えた犠牲』が刊行された際、〈クライム・クラブ〉の監修を務めていた植草甚一は、巻末の解説の副題を「六十六歳の頭から生れた意外性トリック」としている（単行本収録時に本題となり「六十六歳の頭から生れた意外性トリックの面白さ」と改題）。だが同作品の二部構成を要請するプロットは、本格ミステリを読みなれた読者であれば、あのパターンだろうと想像させてしまう可能性がある。当時にあっても小林信彦が書評でその点にふれているが、本格ミステリの読み巧者が増えた現在ではなおさら、真相の意外性をやや削いでいる結果になっているのが惜しい。しかしその一方で、少ない登場人物の間で、動機につながる事実を巧妙に誤導するミスディレクションのテクニックは冴えている。植草がいうように「物語を面白く運んでいくことはイギリス人の特性でもあり、あるアイディアをいかしてプロットを巧みにひねりながら、たのしみに書いたという印象をあとでうける」のだ。

だが当時の読者にはウケなかったのか、〈クライム・クラブ〉の終了とともに紹介が途絶えてしまった。そのためコップは長いあいだ、幻の作家であり続けてきたのである。

『消えた犠牲』が紹介されてから六十年後の二〇一九年、論創海外ミステリから『ある醜聞』が刊行された。翻訳は、本書『悲しい毒』と同じく、菱山美穂。

イギリスでは『消えた犠牲』から十年後に発表された『ある醜聞』は、かつてはチェビオットの部下で、現在は別の上司の下で働いているブライアン・アーミテイジ警部補が視点人物を務める。チェビオットは警視正に出世しており、事務方の仕事が中心となっていたが、アーミテイジ警部補を支援するために現場に乗り出すので、本作品はチェビオット・シリーズとしても位置づけられる。

アーミテイジに、かねてから動静を探っていたギャング・グループを一網打尽にする機会が訪れる。現在の上司であるバグショー警視は、部下の自由裁量を許さない狭量な性格だったため、警視に報告し拝命しなければ行動に移ることができない。ちょうど週末で、地方のホテルで休日を過ごしているバグショー警視を訪ねるはめになったアーミテイジは、ホテルに車を駆って向かう途上、一人の女性をもう少しで轢きかけるところだった。幸い怪我はなかったものの、放っておくわけにもいかず、方向が同じだったので送ることにしたアーミテイジは、女性に見覚えがあることに気づく。バグショー警視の秘書を務める職場の同僚だったのだ。しかし、女性の方ではアーミテイジに気づいた素振りを見せない。女性の向かうホテルまで送り届けたアーミテイジは、そのホテルがバグショー警視の滞在先でもあることに気づくと、ふたりが週末のお楽しみにお忍びで出掛けてきたものと推察し、警視の不興を買うことを恐れて、そのまま報告せず拝命も受けずに立ち去ることにした。

ところが翌日、バグショー警視は出勤してきたが、秘書は欠勤。旅先で喧嘩別れでもしたのではないかと考えたアーミテイジだったが、そこへ、昨日のホテルに近い海岸の崖下で女性の死体が発見されたという通報が入り、被害者が警視の秘書であることが判明する。ところが警視は、昨晩、秘書とともに週末を過ごしたことを語らない。ここに至ってアーミテイジは、警視が秘書を殺めたのではないかという疑いに囚われることになるのだが……。

スコットランド・ヤードの上級警官のスキャンダルに関わることだけに、めったなことはできず、アーミテイジはチェビオットに相談することになる。話を聞いたチェビオットは、確かな証拠もないのに疑うことを諌めるのだが、それを聞いてアーミテイジは、チェビオットも出世したために事なかれ主義者になってしまったのかと思う。このあたりの心理の機微は、ちょっとサラリーマン小説のような趣きもあり、五十年近く前のイギリスの小説とはいえ、パワハラや忖度で疲弊している現代日本の会社勤めにもアピールしそうな内容だろう。それに、状況証拠だけで人の行為を決めつけるような姿勢は、警察官として適切ではないだけではない。普段の人間関係においても充分いえることである。チェビオットのアーミテイジに対する振る舞いは、理想の上司像にもかなっているように思われるし、会社の人事的な問題を解決するという点からは、理想の企業人でもあるといえる。そうした大人のふるまいを、気負うことなく自然に描けているあたりは、さすがに齢を重ねて得られた経験知のたまものといえるかもしれない。

ミステリとしては、アーミテイジの内面描写が巧妙なミスディレクションとなって、まったく意外な犯人を提示することに成功しているといえよう。『消えた犠牲』もそうだったが、コップは真相につながる動機を読者の目から隠す技巧に優れている。『ある醜聞』の場合も、真相自体はありふれたものだが、その書き方によって、意外性をもたらす物語に仕立てあげられている。『消えた犠牲』を読んで受けるベルトン・コップという作家の印象を、すっかり変えてしまうようなできばえだった。

これまで日本に紹介されてきたのは、ベルトン・コッブのキャリアからすれば、いずれも後期作品だった。それに対して今回紹介されることになった『悲しい毒』は一九三六年に上梓された作品であり、コッブが書いたミステリ長編としては*No Alibi*（一九三六）に続く第二作にあたる。二作とも同年の発表なので、最初期の作品といってもいいだろう。*Twentieth Century Crime & Mystery Writers*第一版（一九八〇）でコッブの項目を執筆したダニエル・P・キングは、初期の作品ほどできばえが良く、作品数が増えるに従って陳腐で退屈なものになっていくと述べている。しかし『消えた犠牲』や『ある醜聞』を読んだかぎりでいえば、キングの評価は辛すぎるように思えてならない。ただし、コッブの初期作品を見てみないかぎり判断を保留にせざるを得ず、もどかしく思っていた。今回、『悲しい毒』が訳されたことで、キングの評価の是非を判断する材料が与えられたのは喜ばしい。

森英俊は『世界ミステリ作家事典【本格派篇】』（一九九八）において、コッブについて「毒殺への強いこだわりが見られるのが特徴」と書いているし、ダニエル・P・キングもまた、チェビオット警部を毒殺事件のスペシャリティーと紹介している。だが、これまで毒殺を扱った作品が紹介されてこなかった。それだけに、期待もいや増すのである。

大晦日の夜に、ホーム・パーティーが終わってから、たった一人の招待客が砒素中毒で死んでしまう。地方警察の要請でスコットランド・ヤードからチェビオット警部補が捜査に乗り出し、パーティーの出席者や女中などの証言を聴取し、毒の入ったグラスの動きをトレースして、事故でも自殺でもなく、殺人であり、誤って殺されたことを突きとめる。ここまでが物語の半分あたりで、本作品の原題*The Poisoner's Mistake*はこうした展開をふまえて付けられたものだろう。逆にいえば、タイトルで物語の半分までの展開を明かしていることになるわけだ。そのため、毒入りグラスの動きを細かく詰めていく作業も相俟って、著しくサスペンスを削ぐ結果ともなっている。ところが検屍審問を終えて、犯人が第二の犯行に及ばないよう牽制するために、チェビオットが想定される被害者の家庭に滞在し始めてから、俄然おもしろくなっていく。護衛のために滞在中のチェビオットは、犯人の動機をあぶり出すために、同居している家族に様々な質問を投げかけて、隠されている秘密を理解しようとする。この家庭の秘密の隠し方、顕わし方は実に巧妙で、『消えた犠牲』や『ある醜聞』でも見られる技巧を、すでにデビュー当時から自家薬籠中のものにしていたことがうかがえるのだ。

それ以上に、本格ミステリの愛好家受けすると思われるのが、最終章でチェビオットが語る際に、推理の根拠が何ページにあるかを示す、手がかり索引という趣向であろう。

愛好家にはよく知られている通り、手がかり索引という趣向を凝らした作品を最初に書いたとされているのが、アメリカのC・デイリー・キングである。デビュー作の『海のオベリスト』（一九三二）に始まる〈オベリスト〉シリーズ三作すべてに、手がかり索引が付いている。それに踵を接するようにして発表されたのが、イギリスのF・W・クロフツによる『ホッグズ・バッグの怪事件』（一九三三）であった。さらに、作家活動の拠点をイギリスに置いていたアメリカ人のジョン・ディクスン・カーによる『盲目の理髪師』（一九三四）が続く。ベルトン・コッブの『悲しい毒』はそれに続く作例なのである。コッブのあとは、カーがカーター・ディクスン名義で発表した『孔雀の羽根』（一九三七）が続き、同じ年にクリフォード・ナイトが『ミステリ講座の殺人』で、この流れに参戦した。同書はナイトのデビュー第二作で、邦訳書に付せられた森英俊の解説「米黄金時代のバイプレイヤー」によれば、デビュー作から第三作までに手がかり索引が付いているという。

邦訳書を基に考えるしかないにしても、一九三〇年代に手がかり索引という趣向がちょっとした流行を見せていたことがうかがわれるのではないか。キングやナイトなど、またカーも含めて、アメリカ系の作家だけであれば、いかにもアメリカらしい一種のプレゼンテーションだと考えることもできる。だが、クロフツやコップなどのイギリス作家まで試みていたとなると、この当時、ミステリ界においてフェア・プレイということが殊更に問題になっていたと考えずにはいられない。フェア・プレイといってしまうと、ミステリ業界内だけの話題に留まってしまうが、次第に軍靴の響きが近づく時代であったことを鑑みれば、様々な場面で発言に根拠を示し、根拠を求めるという姿勢が、時代思潮として存在していたのではないかとも思われてくる。それは現在でも同様で、政治家や専門家など、行政に携わるものの思いつきで政策・施策が決定されるのみならず、専門家会議などでの発言自体があとで訂正されたり、消去されたり、はては議事録すら残さないというような事態が現実に起こっていることを日々見聞するにつけても、戦争へと進みかねない時代状況下であってみればなおさら、根拠を示すことの重要さはいや増していただろうと想像されるのだ。そんなわけで、手がかり索引という趣向の背後に横たわる思想というものを空想してしまう。もとより本格ミステリというジャンルそのものが、根拠を上げて真相を示すという振る舞いを示し続けてきたことは、いうまでもない。手がかり索引はそうした振る舞いの精華といってもいい、実に貴重な試みであったわけだが、そういう趣向をデビューしたばかりの新人が試みるあたりに、時代の空気を感じてしまうのである。

こうなってくると、コップの別の作品でも手がかり索引という趣向を試みているのかが気になってくる。また、四十年代から五十年代にかけての、コップの作風の変遷を知る上ではミッシング・リンクとなる作品も、読みたくなってこようというものだ。ダニエル・P・キングは *Like a Guilty*

Thing（一九三八）がコップのベスト・ワークだという。ジャック・バーザン&ウェンデル・ハーティグ・テイラーは *A Catalouge of Crime* 増補改訂版（一九八九）でコップを三作取り上げており、*With Intent to Kill*（一九五八）について「プロットは底が浅く不注意な書き方もしているが、ごまかしのない〈古典的な〉パズラー」（拙訳）と書いている。また植草甚一は探偵小説専門誌『宝石』の連載「フラグランテ・デリクト」の第16回で *Muder: Men Only*（一九六二）を紹介しており、下宿人もののミステリとして面白そうだ。これらの作品が紹介されたりすると、コップの印象がまた刷新されるかも知れない。今後の紹介が期待されるところである。

●参考文献

植草甚一『雨降りだからミステリーでも勉強しよう』晶文社、一九七二（引用はちくま文庫版に拠った）
小林信彦『地獄の読書録』集英社、一九八〇
森英俊『世界ミステリ作家事典【本格派篇】』国書刊行会、一九九八
——「米黄金時代のバイプレイヤー」『ミステリ講座の殺人』原書房、二〇〇七
Jacques Barzun & Wendell Hertig Taylor. *A Catalogue of Crime*. Reversed and Enlarged Edition. Harper & Row, Publishers, 1989.
John M. Reilly ed. *Twentieth Century Crime & Mystery Writers*. St Martin's Press, 1980.（第二版以降、コップの項目は消えている）

〔著者〕
ベルトン・コッブ
本名ジェフリー・ベルトン・コッブ。1892年、英国ケント州生まれ。ロンドンのロングマン出版社の営業ディレクターとして働くかたわら、諷刺雑誌への寄稿で健筆をふるい、特にユーモア雑誌「パンチ」では常連寄稿家として軽快な作品を多数執筆した。長編ミステリのほか、警察関連のノンフィクションでも手腕を発揮している。1971年死去。

〔訳者〕
菱山美穂（ひしやま・みほ）
英米文学翻訳者。主な翻訳書に『ダーク・ライト』、『盗聴』、『ある醜聞』（いずれも論創社）など。別名義による邦訳書もある。

悲《かな》しい毒《どく》
——論創海外ミステリ　253

2020年6月30日　初版第1刷印刷
2020年7月10日　初版第1刷発行

著　者　ベルトン・コッブ
訳　者　菱山美穂
装　丁　奥定泰之
発行人　森下紀夫
発行所　論 創 社
〒101-0051　東京都千代田区神田神保町2-23　北井ビル
TEL:03-3264-5254　FAX:03-3264-5232　振替口座 00160-1-155266
WEB:http://www.ronso.co.jp

組版　フレックスアート
印刷・製本　中央精版印刷

ISBN978-4-8460-1907-5
落丁・乱丁本はお取り替えいたします